YOUNG AGE小說鮮視界！

YA!

青春滿點！活力滿載！好看滿分！

勇嶺薰◎著
西炯子◎圖 李慧珍◎譯

都市冒險王 3

強襲！炸彈怪客

目錄

人物介紹

龍王創也

內人的同班同學，成績十分優秀，號稱學校創校以來的第一個天才！身為龍王集團繼承人的他長相俊秀，戴著酒紅色鏡框的眼鏡，給人一種知性的感覺，但個性極度冷淡，在班上總是獨來獨往，是名副其實的獨行俠。

內藤內人

腦袋裡常轉著許多奇怪想法的平凡中學生。他擁有2.0的絕佳視力，但在課業上卻糟糕到不行，因為有個要求超級嚴格的媽媽，只好每天到補習班報到。一次偶然的機會，居然看見在大街上憑空消失的創也，也成為兩人熟識的契機。

崛越隆文

創也與內人同班同學崛越美晴的父親，在日本電視台從事導播的工作。

艾莉絲

漂亮的小小模特兒，也是有錢人家的千金小姐。

神宮寺直人

外表瀟灑倜儻，是栗井榮太集團的一員。

二階堂卓也

龍王創也的保鑣，身穿黑色的西裝，開著一輛黑色的休旅車，是個做事風格很神祕的年輕男子。

鷲尾麗亞

是栗井榮太集團的一員，現實中則是一名小有名氣的美豔女冒險作家。

柳川博行

參與尋找「咆哮口紅」遊戲的參賽者，目前身分是美術大學的學生，擅長料理。

茱莉亞

天才電腦神童，是朱利爾的另外一個分身，也是栗井榮太集團的一員。

我毛正太郎

天才少年我毛豪太郎的弟弟，年紀雖然很小，卻成熟又聰明，也兼具小男孩的天真是否開始遊戲？
開啟新遊戲

↓
接續上回

請放入《都市冒險王①》與
《都市冒險王②》的資料

是否開始遊戲？
↓開啟新遊戲

接續上回

《都市冒險王③》資料讀取中

OPENING：任務開始

……好奇怪喔！

我闔上書，從沙發上坐起來。

我看著背對我坐在椅子上的創也。他雙手抱胸、眼睛盯著電腦螢幕。

……好奇怪。

創也是個電玩及電腦宅男，鍵盤擺在眼前，手指卻停止動作的情形，幾乎不曾發生。

我平常沒有多去注意，反正「喀嗒喀嗒」的鍵盤敲打聲已經成為城堡裡固定的背景音樂了。

我仍舊看著創也。

他似乎在思考什麼。

新遊戲的大綱，是不是陷入僵局？

此時，創也鬆開雙手，用極快的速度敲打鍵盤。

但是，沒一會兒手便停止動作，雙手再度抱胸。

我靜靜地走到創也身後，偷看電腦螢幕。

內藤內人，中學二年級，史上最強逃生者。教育他的奶奶……到底是何方神聖？內藤內人為了龍王創也的夢想，不斷向冒險挑戰！

「這是……什麼？」我問。

創也擦了擦酒紅色的鏡框。「我學你寫人物介紹。還真難寫呢！」

「幹嘛做這種蠢事？」

關於我的問題，創也用一個十分古老的特效節目標題來回答我。（那麼古早的東西，誰都不知道吧？）

「我可以說說我的感想嗎？」

創也點頭。所以，我決定老實說出我的想法。

「簡直就爛到不行！」

這句話像劍一般刺中創也的自尊。

我伸手在鍵盤上敲打起來。我無法像創也一樣，把注音位置背下來，只好用食指一個字、一個字地慢慢打。

龍王創也，中學二年級，是個喜歡喝紅茶的電腦宅男。

他有個恐怖的保鑣——卓也。龍王創也為了自己的夢想和卓也抗戰。

「呼……」創也看著螢幕說了一句話。「批評得那麼嚴厲，程度也不過如此而已。」

……不服輸的傢伙。

「哼！」我說。

「哼！」創也也將頭轉向另一邊去。

我再來做個簡單的人物介紹。

首先，我叫作內藤內人。創也雖然把我寫成「史上最強逃生者」，但其實我只是個超級平凡的中學生。

把頭轉向另一邊的是龍王創也。如同我所描述，他是個喜歡喝紅茶的電玩宅男。

龍王這個名字你一定耳熟能詳。「從傳統產業到數位科技，龍王集團是你生活的好幫手！」——只要你有看電視，一定會常聽到這句廣告詞。

創也是龍王集團的繼承人，也是號稱本校創校以來的第一位天才，由此應該可以推測出他的成績。除了眼神不太友善外，創也的長相算是相當俊秀。酒紅色鏡框的眼鏡，給人「知性」的感覺。（其實那副眼鏡根本沒有度數。）

有句話說：「人人生而平等。」這還真是個大謊言。這個世界上有像創也一樣含著金湯匙出生的傢伙，也有像我一樣出生在平凡上班族家中的人。

不過，根據創也的說法，有錢人家的小孩，也有許多不為人知的辛酸。剛開始我覺得無論多麼辛酸，還是當有錢人的小孩比較好，但最近，我也漸漸開始了解創也的苦處了。

其中一個原因是，創也的保鑣——二階堂卓也。

卓也的興趣是閱讀工作情報誌，夢想則是成為保母，跟小孩子朝夕相處。

雖然監視創也的目的是不讓他陷入危險之中，但卓也的存在，對創也來說也是個危險。

你想想看，一個精力充沛的國二生，長時間被大人監視，會想逃也是正常的。（只是，千萬不要拖我下水啊！）

如果被卓也發現的話會怎麼樣？

大概是巨大的拳頭，重重地落在腦袋上吧！（……真的不要把我拖下水啊～）

但即使被可怕的卓也監視，創也仍然沒有放棄冒險。

對，冒險……

創也有個夢想。他想要成為遊戲創作者，創作出最完美的電玩遊戲。

為了實現夢想，創也不斷尋找傳說中的遊戲創作者——栗井榮太的蹤跡。而尋找栗井榮太的過程中，當然要經歷一番不平凡的冒險。（所以我才說不要把我拖下水！）

到現在為止，我已經被創也硬拉去下水道、電視臺、打烊後的龍王百貨公司等地方了。然後在「電玩聖殿」中與栗井榮太鬥智，並正式向他們宣告：「我會創作出最完美的遊戲。」

現在，我們待的地方稱之為「城堡」。這裡是龍王集團開發計畫中，被淘汰的廢樓。

從大馬路轉進來後，非得通過一條小到不行的窄巷才進得來，也因為如此，身形巨大的卓也無法通過窄巷，這一點讓我們安心不少。

城堡裡的電腦、沙發、雜誌等，全是從垃圾場撿回來，並且細心整理過的。紅茶聽說是創也用零用錢買的，而泡紅茶的水壺及茶杯也是從垃圾場撿回來的。

我不用補習的時候，會到城堡看我喜歡的書來打發時間。這個時候，創也就會面對電腦，規畫遊戲大綱，或是利用網路查資料——通常是這樣比較多。

但是，最近創也陷入沉思的時間卻多了起來。

雖然創也曾經跟栗井榮太誇下海口，說要創作出最完美的遊戲，但是創也好像還沒有想到「最完美的遊戲」應該是怎樣的遊戲。就這一點來說，其實很符合創也的本性。外人對創也的印象，可能是頭腦清晰、冷靜沉著，但依我看，創也是個莽撞行事、毫不考慮後果的大笨蛋。

實際上，現在的創也正因為遊戲大綱而陷入僵局，所以才開始寫一些奇怪的人物介紹以消磨時間。這真讓人困擾。

不過，我卻十分明白，世界上絕對有天降英才這回事。至於是什麼樣的才能，那就因人而異了。

創也毫無疑問地是順應這個時代所產生的天才，而這個時代也不會埋沒創也的才能。

為了要創作出最完美的遊戲，新的冒險也在前方等著我們。

那麼，我們來打開冒險的第一扇門吧！

Are you ready？

第一幕

S計畫

第一場　邀她去看電影

當我還是小學生時，我媽時常唸我：「為什麼你不能乖乖坐在書桌前？起碼三十分鐘也好，坐下來好好唸書……」

如果我媽看到我現在的樣子，她又會有什麼反應？我坐在書桌前已經超過三小時了。

我媽現在應該正慌張地在收衣服吧？（明明沒有下雨……）

我們住的市區的街道圖，現在正攤開在書桌上。電影院「CINEMA 16」被我用紅色麥克筆畫上記號。

對於現在的我來說，那裡就像是個難以攻克的要塞。

該如何攻下它……

我，中學二年級，當然了解「約會」的意思。

可是，了解歸了解，相關的行動又是另外一回事。

譬如說，我雖然知道「職業摔角」，但從來沒做過，也不覺得我做得到。

約會自然跟看電影畫上等號！

因此，我現在就是在擬定約女生去看電影的作戰計畫，而我想要邀約的對象就是我的同班同學——崛越美晴，一個戴著大大圓圓眼鏡的可愛女生。她給人一股柔弱又膽小的感覺，總會讓人忍不

住想要保護她。（可是我的好朋友達夫說，崛越比外表看起來堅強許多，根本不需要男生的幫助。我才不相信達夫的鬼話哩！）

我要如何開口邀請崛越一起去看電影呢？——我的青春年少就賭在這關鍵性的一句話了。

「喂，你什麼時候要去看電影？」

突然被這麼一問，我剛喝到嘴裡的紅茶不禁全噴了出來。

「……」臉上被紅茶噴到的創也，沉默地擦著他的眼鏡。

「……你為什麼會知道我要去看電影？」我問。

這裡是廢樓的四樓。因為今天不用補習，所以放學後我就直接來到城堡。

創也比我早到，我來的時候他就已經對著電腦，看起來很專注地查找資料。我也不打擾他，攤開地圖想著我的事情——如何開口邀請崛越一起去看電影。

在這之間，我沒有跟創也提過我想邀崛越去看電影的事。那，他為什麼知道？

創也整理了一下被紅茶噴濕的頭髮，眼神裡有兩團火焰。他開口說：「紅茶……」

「『紅茶不是要讓你噴出來的，而是細細去品味它的味道。你連這點都不知道，那泡這杯極品大吉嶺紅茶給你喝的我，簡直就是個愚蠢的大笨蛋。給我好好反省！』創也你要說的話我全都了解，但是你可不可以說明一下，為什麼你知道我要去看電影？」

「我從來就不覺得自己是個『愚蠢的大笨蛋』。」創也以這樣的開場白為我說明。「你來到城堡後一句話也沒說，一臉沉思地盯著地圖，而且還用紅色麥克筆在電影院的位置上做記號。換成是任何人，也會明白你要看電影。」

原來如此。問了才知道，事情簡單到誰都會懂。

「我看你很認真地在思考，連我在泡紅茶你都沒注意。」

對喔！創也泡了杯紅茶給我，我也在不知不覺中喝了紅茶。

「最近有什麼有趣的電影上映？」創也問。

這時我才想到我疏忽了一件很重要的事——現在「CINEMA 16」有什麼電影上映？

「你那麼認真在思考，卻不知道有什麼電影上映？」創也用吃驚的眼神看著我。

我老實地點頭。

創也舉起雙手。「我搞不懂耶！你不是想去看電影嗎？」

「看哪一部電影都可以……話也不能這樣講，電影也不是說完全不重要……如果選到難看的電影，那就糟糕了……」

創也認真地聽我說話，可是不管創也的腦袋多好，他好像很難理解我的話。

「雖然我還是聽不太懂，不過我先假裝都懂，來整理這整件事……」

創也從書桌上拿來一張紙。他看起來像是要把思緒的流程，記錄在紙上。

「首先，你非常認真地在擬定看電影的計畫。至於電影，你雖然覺得哪一部都可以，不過還是有趣一點的比較好。到這為止，ＯＫ？」

我點點頭。

「但是，對於看電影本身，你並不那麼重視。這一點ＯＫ？」

我繼續點頭。

「明顯地出現矛盾。」創也用力拋開那張紙。

嗯，創也說得沒錯。我也這麼認為。

創也大大地嘆了一口氣說：「為什麼會產生矛盾？道理很簡單。你完全沒有提到崛越美晴的名字，才會把事情搞得那麼複雜。」

……我閉上雙眼，狠狠吸一口氣。

「你知道我要約崛越去看電影？」

「我不知道。可是不這麼想，你說的話就不合邏輯。」

我覺得創也的頭腦天下第一聰明，就是在這種時候。

順帶一提，我也常常覺得他是天下第一的大笨蛋。舉例來說，創也渾然不覺崛越暗戀他，我怎麼想都覺得他是個笨蛋。

「這樣一來，七巧板的最後一片就拼起來了。」創也眨眨眼。「你的目的是要和崛越約會。約她去看電影，只是為了跟她約會的藉口，但選電影關係到你的名譽，要是選到難看的電影，一切就都毀了。這麼一想，你來到城堡之後所有的行為，我都能完全理解。」

創也看著我，眼神彷彿在問：ＯＫ？

「有一個地方錯了。」我提出糾正。「選到難看的電影，會對崛越感到抱歉。雖然我的名譽也是相當重要……」

「我就知道你會這麼說。」創也起身背對我，準備泡第二杯紅茶。「不過，約會行程非常重要，連看什麼電影都得包含在內。」創也邊說邊將水壺放上可攜式瓦斯爐。

然後創也回過頭來又說：「我認識的一個人，就讀高中時有女生找他約會。」創也一副科學家讀資料時的語調。「很不幸地，約會行程由他安排。該說他拘謹，還是說他不懂得女生的心情？總之，直到現在他還學不會如何跟女生相處。」

呼……這個例子值得參考。

我從口袋拿出記事本，寫下筆記。

「當然，他以前從來沒有約過會，因此愛看書的他，就跟女生約在書店前見面。結果，之後整個約會行程就是逛書店。」

「……」

「對他來說也許很開心，可惜的是，這女生對看書完全沒興趣。結果當然預測得到，這女生從此不再跟他約會了。」

……聽起來很可怕。

「約會行程的安排有多重要而且不容易，你了解了嗎？」

我拚命點頭，然後在記事本寫下：約會行程一旦失敗，神仙都救不了你。

「那個人現在幸福嗎？」我問。

「應該不幸福。他對工作抱著不滿，每天都在看工作情報誌。」

對工作抱著不滿，每天都在看工作情報誌……我想到一個人剛好符合。

創也拿著溫度計量水壺，然後關掉瓦斯爐。「你打算約在哪裡見面？」

耶？約哪裡？這種事情我沒考慮太多。

「約在電影院前，不行嗎？」

我一說出口，就看見創也帶著可悲的表情泡紅茶。

「電影一結束，直接原地解散？如果是這樣，那約會毫無疑問會大失敗。只有和討厭的上司去員工旅行，原地集合、原地解散，才會皆大歡喜。」

「是這樣嗎？」我想都沒想便大叫一聲。

創也無奈地聳肩。「逆境中求生存是你的強項，不過約會這件事，你還太嫩。」

這語氣就像單口相聲中登場的，大雜院裡閒閒沒事的老人一樣。

「你這樣不行，我來給你一些建議。」

創也……？

老實說，我不覺得創也對約會能比我強多少。

「你那什麼懷疑的眼神？」創也說著，彷彿知道我的想法。

「因為你不是對女生或戀愛都沒興趣嗎？」我問。

以前創也說過，是因為想要成為一流的遊戲創作者，才會去研究女生。又說連這些事情都不了解，怎麼能創作出令人感動的遊戲？所以，創也本身絕對不會去談戀愛，都只是在旁邊觀察。

「有句話說：『戀愛會使人盲目。』沉浸在戀愛中的人，無法做出正常的判斷，而我想要時常保持頭腦的清醒。」

這是創也曾說過的話，所以創也要給我約會的建議，這樣不好吧？

「既然你說沒有必要，那我也不勉強。」創也爽快地說。「但是約會失敗，可會帶給你感情上很大的創傷喔！」

我大吃一驚。

「『約會＝電影』，想法如此單純的內人，我真是替他擔心啊！」

創也的一番話讓我感到震驚。

「『啊！當初如果有聽創也的意見就好了。』——希望以後你不會這麼想……」

我震驚不已的心臟已經快從喉嚨裡跳出來了。

「如果將來你想要板著臉坐在車中閱讀工作情報誌，那樣也可以啦！」

被創也這麼一說，當下我有了決定。

我一步步靠近創也說：「那個……你可不可以給我一些建議？」

「想要我給你建議？」

我點頭。創也的眼神閃過一絲邪惡。

「真拿你沒辦法。反正我遊戲的大綱也遇到瓶頸，就當作消磨時間，讓我來給你一些建議吧！」

口氣還真大，給我建議是消磨時間？

等一下！給建議之前，有件事我要先確定一下。

「……嗯，對於崛越你有什麼想法？」我問。

「同班同學。」創也冷淡地回答。

「除此之外？」

「她爸爸是崛越隆文，日本電視臺的導播，是個奉行收視率至上，如果能帶給觀眾歡樂的話，連靈魂都會賣給惡魔的電視人，共有A到Z等二十六名手下。」

比剛剛回答得更詳細。

關於崛越的爸爸，我也很了解。

以前跟創也一起上崛越她爸爸製作的問答節目，最後整個節目流程完全被打亂，但即使如此，她爸爸也不生氣。本來，直播的節目如果有意外發生，便要立即停止錄影，而她爸爸卻沒有這麼做。

「有趣的話，為何不可？」——毫不介意的態度，果然是收視率至上的電視人。

我清清喉嚨說：「對於崛越，你沒有其他想法？」

「就同班同學而已。」

……是，了解！

換句話說，創也只把崛越當同學看。

我喜歡崛越，如果將來跟崛越進展得順利，那也跟創也無關。

好，我懂了。以後要是叫我把崛越還給他，我也不理！

「創也老師，麻煩您給我建議。」我握著筆記本和鉛筆。

「嗯……」創也邊看地圖說。「第一件事就是先來選碰面的地點。她家住哪？」

「我們隔壁的市區。」

聽到我的回答，創也用手指了指地圖上的一點。「那就約在車站碰面，至於從車站到CINEMA 16的路線……」創也的手順著車站前的路指著。「沿途有商店街，也有遊樂中心和泡沫紅茶店，看完電影還可以共度歡樂的時光。」

我舉手發問：「請問為什麼不可以約在電影院前面等？」

「這問題很簡單。」創也吃驚地回答我。「電影頂多播兩個小時，而且電影播出時，你跟她也不能交談，只是各自盯著銀幕看。就約會而言，這沒什麼具體內容，所以如果能約在車站碰面的話，在走到電影院之前你可以跟她聊天，還可以扮演護花使者的角色。」

原來如此……

嗯，真是受益良多。

「你知道怎樣不著痕跡地約她到泡沫紅茶店嗎？」創也問。

我怎麼可能知道？

「你從電影院送她回車站時，路上會經過泡沫紅茶店，到時你問她：『要不要討論一下看完電影的心得？』這樣不是很自然嗎？」

我把創也說的話一字不漏地抄在筆記本上。（有這麼順利嗎？我的腦中浮現出問號，但我假裝不在乎。）

「魔術也是如此。假如你事先準備道具而將手放進口袋，觀眾會覺得無趣。但是，你為了收拾使用過的道具，而將手伸進口袋，結果立刻又有新花招出現，你不認為這樣比較聰明？」

我在筆記本上寫下：完美的安排很重要。

創也說得頭頭是道，但事實上他自己本身也沒有約會過，而我雖然注意到這一點，也還是把它掠過不去想。溺水者緊抓著浮木不放的心情，就像我這樣。

「商店街上還有唱片行、書店、ＫＴＶ等等。你們可以在唱片行找電影原聲帶，這樣也不錯。」創也的手沿著商店街繼續指著。

我也看著地圖，腦中已經浮現跟崛越一起走在前往電影院路上的情景了。

這個都市中有許多建築物。要靈活地運用它們、還是自掘墳墓，全都和今後的作戰脫不了關係。

一直在書店徘徊而被崛越討厭，這種事情我才不幹。

嗯，計畫漸漸成形，我也跟著興奮起來。

「真棒！嗯，就稱它為『S計畫』吧！」情緒高漲的我說。

「S計畫……？」

「對。『S』就是『SINEMA』的『S』。」

這時，創也對著鼓起胸膛的我說：「我實在不想潑你冷水，但是是『CINEMA』，而不是『SINEMA』。」

「……」興奮度瞬間減半。

「要改成『C計畫』嗎？」

「……」

「算了，就叫『S計畫』好了。」

創也體貼的微笑，讓我什麼也說不出口。

「為什麼選擇看電影？」

「耶？」

「要約會的話，可以去遊樂園、去美術館看畫展，甚至可以逛百貨公司。為什麼偏偏要看電影？」

我確實有「約會＝電影」這樣的偏見。我雖然喜歡電影配樂，卻不太愛看電影，最多是租一些會引起熱烈討論的電影來看。（但那也要等上映一年之後才看得到。）

為什麼呢？

此時，與我一同陷入沉思的創也，突然興奮地拍了一下手。「之前的國語課。」

我還搞不清楚狀況，創也只好解釋給我聽。「之前上國語課，老師不是要我們分組討論自己的興趣或喜歡的東西嗎？」

「……什麼？」

我點點頭。

「那時，崛越當著全班的面說：『我的興趣是看電影。』」

啊！我想起來了。

「聽到這句話的你，潛意識中自然就把約會跟電影畫上等號。以上證明完畢。」

我太佩服創也了。「創也，你竟然記得上課內容？」

「當然記得，需要時就用得到。」創也回答我，一副「沒什麼大不了」的表情。

我總算了解為什麼創也上課不抄筆記，還可以考第一名的原因。

好羨慕喔……

「不過，我們先實地探勘一下比較好。」創也喃喃自語。

「探勘？」

「對，探勘。」創也的眼神很認真。「不管你在地圖上模擬過多少次，有太多事情沒有實地演練過，你不會懂。」

創也一說，我便想起奶奶曾經說過的話。地圖雖然重要，但不管看幾百次，你仍舊不懂山中的危險性。

「後天星期六，我們實地去走一走吧！」

對於創也的提議，我完全贊成。

然後我在筆記本上寫下：事件現場多次演練。我感覺自己像個老警察官。

第二場　屬於我們的午後

星期六。

我和創也走出城堡。

當我們走在大馬路上準備往車站前進時，黑色休旅車的車門突然打開，卓也從車上下來。

就像點一盤炒飯，一律附公司湯一樣，卓也緊跟在我們身後。彷彿烏雲罩頂，感覺相當有壓迫感……

我和創也頭也不回地走在大馬路上。

「我聽我媽說，卓也今天是有薪休假，可是……」

「我也聽董事長說，今天創也少爺會待在家裡。剛好今天公立托兒所要應徵員工，我打算去面試。」背後傳來卓也的聲音，很顯然他在刻意壓抑自己的情緒。「這樣一來，我又再次失去轉行的機會……」

……啊！肩膀好沉重。

湛藍的天空裡，太陽彷彿一顆爆炸的檸檬。微風徐徐地吹過，但卓也的周圍卻環繞著一股沼氣。

啊啊……

早上九點我們到達車站前面。

週末的站前，往來的行人很多，充斥著歡愉的氣氛。

大姊姊們忙著發送各色氣球，以促銷新型手機。拿到氣球的小朋友，高興地跑開。

我也站在原地不動盯著氣球看，約兩分鐘後，大姊姊帶著奇怪的表情，將一顆氣球送到我手中。

我旁邊還有發面紙的，那是在宣傳小朋友的專屬雜誌。我來回走了三次左右，收集了一堆面紙。

「你筆記本有沒有帶在身上？」正當我還在高興拿到氣球跟面紙時，創也冷不防地問。他眼神冰冷、語氣不帶感情。「如果你有帶的話，請用粗體字記下來：約會中禁止收集面紙！」

嘿嘿……

我們走進車站，確認時刻表。

時間沒約好的話，還要讓搭車來的崛越浪費時間等我。

「地點也很重要。車站裡有南口、北口等許多出口，『約在驗票閘門』這種說法，也有可能等不到人，所以就以車站裡最醒目的雕像當作碰面的地方。」創也說。

我環顧車站四周。

壇呂的雕刻作品——「迷途的人」的複製品。拱背、左手插進褲帶、右手放在額頭上。這個雕

像充分表現出迷路人的模樣。

嗯，如果約在「迷途的人」前面碰面，應該夠明顯吧？

等待的人們站在雕像四周，或看手錶、或看報紙。

「好一幕暖人心房的畫面。」卓也說。

順著他的視線看去，有個戴太陽眼鏡的小男孩——大概小學一年級吧！他兩手插在五分褲的口袋裡，還不時撥弄他過長的劉海。

小男孩拿掉太陽眼鏡，露出了孩子氣的臉蛋，臉上還帶著微笑。

小女孩朝小男孩跑來，邊跑還不忘揮手。應該是同班同學吧！

小女孩的手上抱著白兔娃娃，揮手跟跑步的動作同時進行。

我才在想她會不會跌倒，她果然真的跌倒了。

裝扮得很漂亮的小女孩，有像棉花一樣蓬鬆的頭髮，柔軟地散開在白色小洋裝上。

小男孩慌張地走近她身邊。

小女孩緊咬著雙唇，拚命忍住不哭出聲來。

小男孩趕緊扶起雙眼含淚的小女孩。

看到這副景象，車站往來的人們莫不微微一笑，走過他們身邊。

此時……我感到有些奇怪。

小女孩跌倒，而小男孩扶她起來，這沒什麼大不了，而車站裡的行人也不當一回事地走開。可

是，只有一個人，有一個男人一直盯著他們。

那個男人穿著拉麵店的白色制服，腰上繫著一條圍裙，圍裙上還用紅字寫著「來來軒」，他兩手提著的那個外送時裝便當的箱子——好像叫日式外送箱吧！

那男人年齡約在三十歲左右，眼神閃著銳利的光芒。他提著日式外送箱，一步步接近他們。我和創也事先完全沒講好，卻同時往男孩跟女孩的方向前進。

「啊，讓你久等了！」

「不好意思，遲到了。」

「我們走吧！」

他們兩人十分吃驚，但我們還是在半強迫之下拉走他們。

「啊……」提著日式外送箱的男人叫了一聲，朝我們伸出手來，可是他沒有要追我們的意思。

「嘖！」

那男人留下了「嘖」一聲之後，便離開現場。

車站走出去沒多久就是商店街。我們牽著兩個小孩，走進離車站最近的一家泡沫紅茶店。

四人座的位子。在小男孩和小女孩尚未並排坐下前，我和創也就已率先坐下來。

「請問叔叔們有什麼事嗎？」小男孩拿掉太陽眼鏡，看著我和創也。

叔叔？我看看左右。卓也背對我們坐在隔壁的雅座，這麼說來，「叔叔」是指我跟創也囉？

「喂，叔叔！」小男孩又開口。坐他旁邊的小女孩，把香蕉奶昔的吸管含在嘴裡。

「我們只是國中生，還沒到被你稱為叔叔的年紀。」創也是笑著說的，可是他的笑容微微在抽搐。

因為對方是小朋友，所以創也忍耐著，事實上他似乎非常不高興。

「對我們來說，國中生就是叔叔。」說完，小男孩拿起可樂來喝。真是一點都不討人喜歡的小鬼。

不過……

「你說得也有道理。」創也微笑著說。忍耐力有變好。

我看到創也的成長，眼淚都快掉下來。

「我們還沒自我介紹。我叫龍王創也，他是內藤內人。」創也介紹到我時，我微笑地揮揮手。

「另外，背對我們坐在那邊的『叔叔』是二階堂卓也。」創也不太開心地介紹卓也。

小男孩將可樂瓶放在桌上。「我再問一次。各位叔叔們——龍王先生、內人先生，以及二階堂

啊，臉在抽搐……

叔叔，你們到底要幹嘛？」

因為他不再稱呼我們為叔叔，創也的表情放鬆不少。

「你先自我介紹吧！」創也自始至終都帶著大哥哥般溫和的笑容。

「我叫我毛正太郎，小學一年級喔……叔叔！」正太郎不懷好意地微笑，讓創也的臉再次扭曲。

這個叫我毛正太郎的小男孩，真是個狡猾的傢伙。

咦？我毛……？我好像在哪裡聽過……

啊！我想起來了。之前在日本電視臺碰過面的冠軍選手——他的名字也叫我毛。莫非這個叫我毛正太郎的男孩是冠軍選手——我毛豪太郎的弟弟？

「你有哥哥嗎？」我問。

正太郎點頭。

「你哥哥對問答很拿手？」

正太郎又再次點頭。

果然……

我放棄繼續追究下去。我毛豪太郎……是一個我不太願意記起來的人。

坐在正太郎旁邊的小女孩舉起手來。「我叫艾莉絲。」有著藍色瞳孔的艾莉絲微笑著說。

耶……這小孩我在哪裡看過。電視？不是。應該是報紙或雜誌……

「妳不是在當廣告模特兒？」被創也一問，艾莉絲點點頭。

對喔！這小孩常常替百貨公司拍廣告。

我媽最喜歡看的不是書也不是報紙，而是夾在報紙裡的廣告傳單和郵購雜誌。只要有時間，廚房桌上或榻榻米上都可以看到我媽認真閱讀廣告傳單的身影。閱讀廣告傳單已變成我媽很重要的一項工作。因此只要在家裡閒晃，那些攤開的廣告傳單便很自然地會映入我眼簾，所以我才會對艾莉絲的臉感到熟悉。
我問創也：「創也也喜歡閱讀廣告傳單嗎？」
回應我的是創也不爽的表情。「我記憶力很好。」創也說。
「喂！各位叔叔們……」正太郎含著吸管說。「我們已經自我介紹完畢，你們可以說說，為什麼要綁架我跟艾莉絲嗎？」
……一點都不可愛的語氣。
創也推推眼鏡，「你們被盯上了。」他單刀直入地說。
艾莉絲吃驚地睜大眼睛，正太郎則是一臉正經。「……真的？」
創也點頭。「你沒注意到嗎？在你們碰面的地方，有人盯上你們。」
「創也你果然也注意到了。的確，那個手提日式外送箱的男人，行動很詭異。」
我一插嘴，換來創也驚訝的神情。
「內人也注意到了嗎？注意力真好……」
這句話，讓我知道創也對我的看法。
他用一副不敢相信我也注意到的表情問我：「你為什麼會覺得奇怪？」
「因為外送人員會到車站來，不是很奇怪嗎？一般送外賣都是騎腳踏車或機車，沒聽過有人坐電車送外賣。」
這時，創也笑一笑。「外送人員來車站，不一定是要搭電車，說不定是站員或站長叫外賣。」

……是這樣喔！

不對，我還是不懂。反駁、反駁！

「車站裡有麵店也有販賣部，還需要叫外賣嗎？」

「每天都吃一樣的東西，偶爾叫外賣也沒什麼好驚訝的。」

……原來如此。我的反駁一下就被創也的幾句話解決了。

「那，創也你為什麼覺得奇怪？」我問。

創也像名偵探一樣伸出食指。「日式外送箱的拿法。」

拿法？是什麼樣奇怪的拿法？

「他用兩隻手拿。你試試看就知道，日式外送箱用兩手一起拿會失去平衡，這樣一來，裡面的便當就會歪一邊，湯汁也會灑得到處都是。所以，用一隻手拿比較穩。」

我閉上眼睛，回想車站時的情景。的確如創也所說，外送人員是用雙手提著日式外送箱的。

「仔細一看，外送人員一直注意著艾莉絲。送外賣不是要在最快的時間內送達嗎？而其他的路人都是一邊微笑一邊匆匆地走過，所以我才覺得不對勁。而且，外送人員一步步靠近你們，我才認為你們有危險，把你們帶來這裡。」

創也喝了一口紅茶，彷彿告訴大家——證明完畢！

真不愧是創也，和我想的一樣——我正想要這麼說，但才一開口創也就把我瞪回來，我只好閉嘴使勁點頭。

「你們有沒有被盯上的心理準備……」創也講到一半突然停住，因為正太郎使眼色要創也閉嘴。

正太郎轉頭跟正喝著香蕉奶昔的艾莉絲說：「我聽我媽媽說，這家店的盥洗室裡有許多布娃娃的擺飾，妳要不要去看看？」

「嗯！」艾莉絲站起來，天真地說。

艾莉絲手中抓著白兔娃娃跑開，正太郎則帶著笑容目送艾莉絲離開。

等到看不見艾莉絲時，正太郎表情頓時嚴肅起來。

「有沒有心理準備？」創也問。

正太郎點點頭。「因為艾莉絲是個當廣告模特兒的可愛女生，再加上他們家很有錢。艾莉絲的媽媽總是擔心艾莉絲會被綁架，變得有些神經質，今天早上還不厭其煩地提醒我們說：『小心不要被綁架！』」

正太郎接著又說道：「她媽媽說『小心不要被綁架！』時，還刻意用刺耳且激動的語氣說。但儘管如此，她媽媽還是不忘把握每個機會，讓艾莉絲上電視。明明上電視後會越來越有名，被綁架的機率也更高……我搞不懂大人到底在想什麼。」

正太郎嘆了一口氣把話說完。一個小一生不應該有如此超齡的表現。

我聽完他說的話後，用力地點頭。

每當我熬夜看漫畫時，我媽就吼我：「你是要看到什麼時候？趕快睡覺！」吼完後馬上變臉，

溫柔地加上一句：「我是為了你的身體著想。」可是當我因為補習而晚回家時，卻從沒聽她吼過：「你是要在補習班待到幾點？趕快睡覺！」更別說還會加上一句：「我是為了你的身體著想。」

全都是大人在說。我完全能理解正太郎的心情。

正太郎邊用吸管攪動杯子裡的冰塊說。「艾莉絲幾乎都待在房間裡，像一隻高貴的貓咪一樣，所以她很期待今天的約會。」

正太郎看著冰塊，眼神流露出悲傷。「艾莉絲當模特兒也是大人的意思，整天提心吊膽、擔心她被綁架也是大人的意思。今天，我想帶艾莉絲出來玩，暫時遠離這些事情……」

我好感動。雖然是小學生，卻不能小看他。努力要讓艾莉絲開心的正太郎，是個堂堂正正的男子漢。而且，雖然理由不一樣，但我對約會的熱情跟正太郎不相上下。

嗯，同伴意識逐漸萌芽。

我正要開口，但……

「我會保護你們！」

說這句話的人，不是我，是創也。他眼睛看著紅茶杯，像是在自言自語。

保護別人……總是將避免和別人扯上關係、以冷靜態度觀察人們行為奉為最高準則的創也，說出這句話還真令人訝異。因為艾莉絲的事，讓同樣出身有錢人家的創也，也頗有同感吧！

一瞬間，正太郎的表情十分開心。不要刻意裝成熟，這樣才可愛。

不過，正太郎很快地恢復原狀。「是你們自己說要保護我們的，那可不要干擾到我和艾莉絲的約會喔！叔叔們。」
多可恨的一句話，讓人忍不住要握緊拳頭。
創也臉上的笑容極不自然。「沒問題，我們絕對不會干擾你跟艾莉絲的約會的。」
創也果然夠成熟……
「這樣的話，讓你們跟沒關係。」正太郎戴上太陽眼鏡說道。
我大大嘆了一口氣。
正太郎確實不是個討人喜歡的小鬼，但他拚命要讓艾莉絲開心的心情，我卻能體會。與其咒罵正太郎，倒不如成熟一點看待。
「接下來你們要到哪裡去？」我笑著問。
「CINEMA 16。約會的話，當然是去看電影。」
正太郎的回答讓我用力點頭。果然是我的夥伴，想法一致。
「看什麼電影？卡通片？」
正太郎伸出食指搖了搖說：「這麼孩子氣的東西我才不看哩！最近有一部文藝大作上映，不過沒什麼人知道。」
……正太郎的回答，讓我無法贊同。確定要跟女生去看這部片，沒搞錯？
「艾莉絲知道要去看電影嗎？」創也問。
正太郎搖搖頭。「我想她會很驚訝吧！因為我沒說要去看電影。」

如果知道要看文藝名片，的確會很驚訝……我開始同情起艾莉絲了。

艾莉絲抱著白兔娃娃回來。「再見，叔叔們。」

正太郎站起來，然後把錢跟這家店的折價券擺在桌上。

「艾莉絲的媽媽要讓我們約會時用的。」正太郎笑著說。很慎重的傢伙。

於是他們兩人一起離開泡沫紅茶店。

「話說回來，你很認真要保護正太郎他們。」我說著，創也正要把剩下的紅茶喝光。「創也也是大人囉！開始會幫助別人。」

創也沒說話，只是面無表情地喝紅茶。

我懂！創也沒有生氣，只是有點害羞。

「萬一有什麼危險的事情發生也不用怕，反正有卓也在。」

這時，背對我們坐著的卓也，突然轉過身來。

卓也仔細地摺好看過的報紙，對我說：「內人少爺，你是不是有些誤解？」

卓也冷冷地說。

「我的工作，是不管在什麼場合，都要確保創也少爺的人身安全，除此之外的命令我一概不接受。剛剛那個沒禮貌的小鬼，就算他發生任何危險的事情，都與我無關。」

「卓也，他剛剛叫你『叔叔』，你是不是懷恨在心？」

「沒有。」

「……」

我用手肘推推創也，希望他開口請卓也幫忙。

但是，創也開口前，卓也已經站起身來，像一片巨大的鋼板擋在面前一樣。

「我還沒說完……」卓也繼續說。「下令要我保護創也少爺人身安全的，是龍王集團的高層。可以命令我的人，不是創也少爺，而是龍王集團的高層。創也少爺……」卓也面對著創也。「你是龍王集團的繼承人，但你還不是龍王集團的一員，你沒有資格命令我。」

創也一口喝光紅茶。

創也邊將茶杯放回茶盤邊說：「你不用說我也知道。我是龍王創也，不是龍王集團的一員。卓也會保護我，是龍王集團的命令，並不是你喜歡這麼做，對吧？」創也大膽地微笑。

卓也緩慢地點點頭。

趁他們兩人說話之際，我把手伸向桌上的小籃子。我往口袋放了幾根牙籤，還有三包糖。

「你在做什麼？」創也斜眼看著我。

糟糕……被抓包！

「沒有啦！只是緩和一下氣氛。」我揮揮右手說。

不過，這個藉口騙不了創也。

「筆記本有帶吧？」眼神冰冷的創也問道。

我拿出筆記本，乖乖地說：「我知道，在筆記本寫下：不要將泡沫紅茶店免費提供的牙籤及砂糖，放到自己口袋裡。」

「記得用粗體字寫。」

是是……

我拿出紅筆，乖乖寫下來。

第三場　黑暗驚魂記

CINEMA 16是最近才改裝而成的大型電影院，整座電影院分成四個館。

正太郎和艾莉絲在最裡面的一館用折價券買電影票，我則盯著賣票口旁邊張貼的人型海報——「愛與青春的盂蘭盆會舞」（盂蘭盆會舞是日本夏季祭典所跳的舞蹈）——片名以明體字所寫，是一部洋片的文藝大作。

「……現在小學生之間都流行看深奧的文藝電影嗎？」我問創也。

「我個人是比較偏好文藝電影。」創也對電影的選擇真高雅。

我比較喜歡不需要用大腦思考的動作片、卡通片，或是英雄傳……

「國外也有『盂蘭盆會舞』嗎？」我問。

「替國外電影取名時，直接沿用該國民族舞蹈的名稱會很難懂，因此才會取為『盂蘭盆會舞』。譬如說，俄羅斯就有農夫舞和婚禮舞等等的傳統舞蹈……」創也展現出他驚人的知識量。

只是聽創也一說，連電影都還沒看我就開始想睡覺。

我到販賣部買一些吃的，希望能趕走睡魔。正太郎正在販賣部買冰淇淋給艾莉絲，他自己則買了一罐罐裝黑咖啡。

「你也是要趕走睡魔才買黑咖啡的嗎？」我問。

正太郎冷哼一聲。「喝咖啡就是要喝黑咖啡。」

我笑著聽，但我心裡卻暗暗希望正太郎的胃破個大洞。

啊，跟小學生一般見識太不成熟了。而且，我還要保護正太郎和艾莉絲。

我將錢付給販賣部的歐巴桑，從她手中接過爆米花、洋芋片、口香糖，還有一杯中杯可樂。

「叔叔，吃那麼多油膩的零食，小心得成人病喔！」正太郎看到我買的零食後說。

哈哈哈哈哈……我的胃好像破了個洞。

創也也是冷冷地看著我懷中的爆米花和洋芋片。

「爆米花加上洋芋片，吃的時候會發出噪音，很明顯地你不太懂看電影時的禮貌。筆記本拿出來，請在上面寫下：看電影時不可以買會發出噪音的零食。」

「你管太多了。我就是喜歡邊看電影，邊安靜地吃爆米花和洋芋片！」我反駁。可是這種高尚的興趣，創也和正太郎無法理解。

卓也買了罐罐裝黑咖啡，咖啡罐上的黑配上卓也的黑色西裝剛剛好。

我抓著正太郎的後頸，讓他朝向卓也。「怎麼樣？正太郎。像卓也這樣的大人喝黑咖啡，很帥吧？你也趕快成為像卓也一樣的大人。」

「要你管！」正太郎撥開我的手。

真是個不可愛的小鬼。

推開沉重的大門，我們進到電影廳內。掀開紅色絨布，眼前是像洞穴一般昏暗的世界。我雖然偶爾才會來電影院，不過對眼前這昏暗的感覺，我有說不出來的喜歡——從平凡無奇的日常生活，進入不平凡的電影世界那一刻。

當眼睛習慣黑暗後，才看得見觀眾席。裡面的觀眾約有八成多，我本來還以為沒什麼人，結果嚇了我一跳。

正太郎跟艾莉絲也不管我們，逕自走向中間的位子。

「我喜歡坐在最前面一排，大搖大擺地躺在椅子上看。」我對創也說。

這時，創也看著我。即使是黑暗中，我也感覺得到他眼神中的冰冷。「你打算跟崛越來看電影時，也那副樣子嗎？」

在他還沒說下一句話前，我趕緊拿出筆記本，並記下：電影院裡行為舉止要優雅。

我和創也坐在正太郎跟艾莉絲的後一排，卓也則坐在我們後面。

「我還要說一件事。你在坐下之前掉了太多零食在走道上了，把洋芋片弄掉在走道上這件事，你都沒注意到嗎？」

關於這點，就別再說了。我覺得浪費了食物很可惜。

「不過，很不可思議……」創也看著我。「掉零食這種事，一點也不像你平常的行為。」

……我有這麼貪吃嗎？

沒多久，電影上映聲響起，帷幔緩緩拉開，電影開演。

我輕輕將爆米花送到口中，不發出一點聲音地吃。

我努力讓自己的精神集中在銀幕上。可是……創也看得津津有味，我卻覺得無聊透頂。

首先是故事情節，我就看不懂。

有位軍官候補生在雨中做伏地挺身——我以為那是身為軍人該有的訓練，結果不是，他是為了參加軍隊駐紮的村落裡，即將舉行的「盂蘭盆會舞」在鍛鍊自己而已。

這個「盂蘭盆會舞」一百年才舉行一次，最終贏得勝利的人，一定要娶村中最美麗的女人為妻。（大概是類似古代的比武大賽，我也不太了解，反正世界上有很多國家會舉辦這類活動。）

軍官已經有未婚妻了，可是為了軍隊的榮譽，軍官候補生非贏不可，為此他相當苦惱。再加上，他的未婚妻也會參加「盂蘭盆會舞」……決勝戰中，只剩軍官及他的未婚妻兩人一決勝負，軍官候補生究竟會不會打敗他的未婚妻……

……故事內容大約是這樣。（如果他的未婚妻獲勝，也一定要跟村中最美麗的女人結婚嗎？嗯，這個問題確實深奧……）

對故事情節不甚了解的我，電影播到一半就打起瞌睡來。雖然我努力睜開雙眼，誰知道眼皮卻越來越沉重。

「約會時，看電影看到睡著的男生最差勁。」創也的聲音離我越來越遠。

我想要寫在筆記本上，手卻無法動彈。接著我就沉沉睡去。

我做了一個夢。小時候的夢。

奶奶帶著我到山裡去。

天色已黑。奶奶開始升火，柔和且溫暖的火光。

「因為野獸怕火，只要有火我們就很安全。」我盯著火光，耳邊傳來奶奶的聲音。「可是，被人類飼養過而後放生的野獸，就會比較麻煩。」

「……」

「因為牠們不怕火，不知道何時會從背後襲擊我們。」

奶奶說的話聽起來很可怕，但是我仍然感到安心，因為奶奶始終在我身邊。

半睡半醒之間，有隻鳥從我頭上飛過。我嚇了一跳，緊抱著奶奶不放。

奶奶溫柔地摸摸我的頭說：「不要害怕。山裡出現響亮的聲音，表示我們很安全。」

「……什麼意思？」我不懂奶奶的意思。

「如果你是肉食性動物，當你要侵襲獵物時，你會發出很大的聲響嗎？」

被奶奶一問，我搖搖頭。「一旦這樣，獵物不就全跑光了？」

奶奶滿足地點點頭。「對啊！所以不需要害怕響亮的聲音，我們該注意的是極小的聲音——刻意放慢腳步、盡量不發出腳步聲的那種細微聲響……」

恍惚之間，我聽到奶奶的教誨。

啪哩！啪哩！我聽見掉在走道上的洋芋片被踩碎的聲音。

這是安全的聲音。

我點頭附和奶奶說的話。

微微睜開眼睛，我看見一對身形嬌小的情侶，走在走道上。

我安心地閉上眼。

但過了一會兒……

啪哩……啪哩……

細微的聲音，刻意放輕的腳步聲，不會引起觀眾注意的聲音。這是肉食性動物瞄準獵物準備攻擊時的腳步聲……

「內人，快起來！」

我睜開眼睛，把意識從山中瞬間拉回CINEMA 16，發現有個男人正往正太郎和艾莉絲的座位靠近。

他手上握著東西，那東西透過電影放映機的光芒看來，像是一把刀子！

我將橡皮筋套住左手大拇指跟食指，中間夾了一塊可樂喝完後剩下的冰塊。簡單的彈弓完成。

我跟那男人的距離大約五公尺，所以絕對不會打偏。

我拉緊橡皮筋，瞄準他的臉。

「啊嗚！」

昏暗的室內，突然間臉上被什麼東西打中，那男人用手輕撫臉頰。就在那一刻，他手中的刀子掉落下來。「哐啷！」

創也立刻就發現事情不對勁了。

「艾莉絲就拜託你了！」我丟下這句話後，立刻把正太郎從座位上抱起來。

雖然對後面的觀眾感到很抱歉，不過我沒有時間把身體壓低。我將正太郎夾在腋下，穿過座位與座位間狹窄的通道。回頭一看，創也也將艾莉絲抱了起來，而那男人則跟在創也身後。

他和我們不一樣。對體型較大的大人來說，要穿過座位間狹窄的通道不太容易，可是這樣下去，我們一定會被追上的。

糟糕……手頭上有的東西，只有吃到一半的爆米花、洋芋片、口香糖，還有嘴巴裡咬著的吸管。中杯可樂忘了拿走，口袋裡則還有幾根牙籤和糖包。

只能將就一點，看這些東西能幫我們什麼了……

「哇！」此時背後傳來創也的叫聲。

我趕緊回頭一看，那男人的手正抓著創也的肩膀。

不妙！我將正太郎放下來，打算回頭去幫助創也。

可是……抓住創也肩膀的那隻手，被狠狠地撥開。

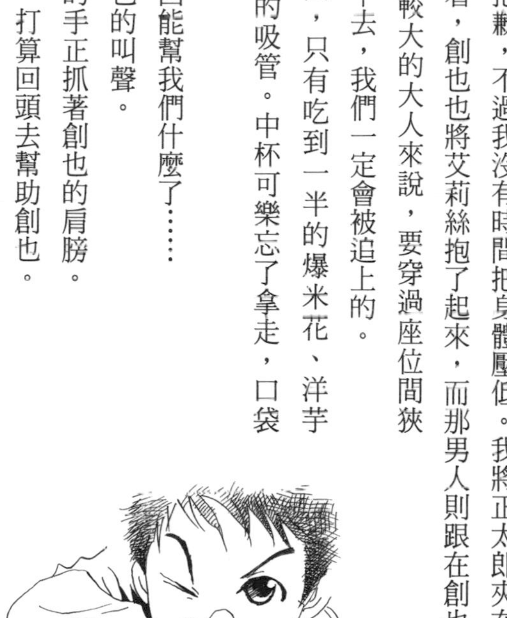

是卓也！卓也用腳把那隻手給踢開。

「……你不是說不保護我們嗎？」創也問。

卓也回答道：「那些小孩怎麼樣，都跟我沒關係。但是，保護你是我的工作。」

原來如此……

我聽完卓也的話後，忍不住嘆了一口氣。這個社會沒有一點關係還是行不通的啊……

「總之，請先到安全的地方避難，這個男人讓我來解決。」

卓也很快就好戰鬥位置。從他沒有脫下西裝外套這點看來，他並沒有把對方看在眼裡。

「你們不要站起來！」

「搞什麼鬼啊！」

「看不到了啦！」

觀眾的叫罵聲突然從四面八方湧過來。

卓也一點也不在乎那些聲音。只要一開始工作，他就會完全不顧周遭人的眼光。

卓也開始行動。他一把抓住那男人的胸口，把他往上舉。卓也的力氣真是相當驚人。

我和創也抱著正太郎和艾莉絲，往大門的方向奔跑。

卓也舉起男人，把他往走道一丟，但那男人的身體像貓一樣蜷縮成一團，又重新站了起來。他雖然已經做好戰鬥姿勢，可是看得出來他很害怕。

卓也一記快速迴旋踢攻去，男人勉強躲開來，接著右手快速出拳反擊。

不過卓也連閃都沒閃。只聽到「蹦」一聲沉悶的聲音傳來，卓也若無其事地阻止了男人的拳頭攻勢。

如果是看動作片的觀眾，他們兩人的打鬥一定會贏得不少掌聲，可是這一廳是上映文藝大作，對於破壞氣氛的卓也和男人，觀眾毫不留情地便拿起手邊的東西砸了過去。

果汁罐、爆米花、電影簡介——各式各樣的東西向他們飛去。

我們不想被認為跟卓也是同一夥的，於是靜靜地離開了電影院。

第四場　街頭表演

我們離開CINEMA 16後，走向電影院附近的行人徒步區。

星期六的行人徒步區，擠得水洩不通。這樣一來，就算那男人追上來，也不容易發現我們。

「為什麼看到一半就要離開？」艾莉絲略帶不滿地問。

我和創也什麼也沒說。

正太郎開口。「天氣這麼好，一直待在昏暗的電影院裡不是很可惜嗎？妳不覺得我們更適合在太陽下活動？」

雖然是老掉牙的臺詞，可是艾莉絲的臉頰卻微微地紅了。（該不會是感動？）

行人徒步區熱鬧的氣氛，讓我的心情緩和不少。

我小聲地附在正太郎的耳邊說話。「謊話說得不錯喔！」

「我希望她臉上永遠掛著笑容。」正太郎撥撥劉海說。他白色的牙齒在陽光下閃閃發亮。

……我在想，如果班上有像正太郎這種傢伙在，我會不會跟他成為好朋友？

「我覺得要報警。」創也拿出手機。

「叔叔，等一下！」正太郎阻止了創也的動作。

「我在泡沫紅茶店說過。對艾莉絲來說，今天是很珍貴的一天。警察一來，不就什麼都毀了？」

「……」創也看著眼前開心的艾莉絲，艾莉絲則興奮地看著往來的行人及街上的攤位。

「今天我想讓艾莉絲開開心心地過。」正太郎低聲說。

創也嘆了口氣，將手機收進口袋。「ＯＫ。我會盡全力支持你們的約會。」

正太郎聽完後，臉上才出現光彩。

嗯，跟笑容燦爛的傢伙當朋友似乎也不賴。

我走到賣氣球的攤位上，買了紅色及黃色的氣球。

「紅色氣球是給艾莉絲的禮物。」說完，我讓正太郎拿著紅色氣球，然後將黃色氣球綁在正太郎的腰上。

這樣一來即使在人群中也不會找不到他們。

正太郎帶著戒備的神情從我手中接過紅色氣球，走近艾莉絲身邊，然後將氣球綁在她腰上，牽起她的手。

創也小聲地對我說：「你不羨慕正太郎嗎？你就沒有那種若無其事牽起崛越手的技術。」

對喔！牽手也是要技術……

我拿出筆記本寫下：掌握牽手的技術。

可是，怎麼做才能好好掌握……

對於不懂的事情，只好問囉！我問創也：「怎麼做才能若無其事地牽起對方的手？」

「掌握節奏跟時機！」創也給我建議。「對你這樣既沒技術又沒經驗的人來說，是最簡單的方法。」

「具體來說要怎麼做？」

「首先要配合她的步調。」

創也說的話我一字不漏地全抄下來。

「接下來目測她手的振幅（日文發音為sinpuku）。」

sinpuku？一時想不到漢字怎麼寫，先用羅馬拼音記下來。

「然後，設法使你手的振幅與她的一致，最後再鼓起勇氣牽住她的手！」

很好，一切都很完美。

我收起筆記本。然後我說出我所注意到的事情。

「話說回來，我沒想到創也竟然是個熱心助人的好人。」

「……」創也板著臉，什麼也沒說。

他應該是害羞吧？

算了，我知道創也是個好人，而這發現讓我很開心。

我總算感覺到創也在班上的存在。

不是大家討厭創也，也不是創也討厭大家，因為學校有活動時，創也也會開心地跟大家分工合作。

可是，說不上來哪裡不對……

創也總是帶著冷冷的眼神。當大家鬧成一團時，他卻冷靜地觀察周遭，而班上同學似乎也注意到了這一點，漸漸跟創也產生距離。

所以，如果大家知道創也拚命要保護這對小學生情侶的話，這樣一定可以拉近和同學之間的距離。

嗯，後天到學校我要跟大家說這件事。

「反正我們有卓也在，今天的任務會輕鬆許多。」我輕快地說。

「請不要誤會，我的工作自始至終都是保護創也少爺而已。」從我背後傳來卓也冷淡的聲音。

我回頭一看，只見卓也滿臉疲憊。

卓也的黑色西裝上到處都是爆米花，頭髮還有一股甜甜的香味飄過來，不過那不是髮雕的味道，而是剛剛頭上被倒了柳橙汁的關係。

「可是卓也剛才不就保護我們了嗎？」我邊問，冷汗邊不停冒出來。

「那是因為有個可疑男子抓住創也少爺的肩膀。」卓也用機械式的口氣說道。

我只有聳肩的分。

「那個男人到底是什麼來歷？」創也問。

「我不知道。問他什麼他也不說，但我又不能一直把時間耗在他身上，所以就把他交給警察處理了。」

卓也回答的語氣，就跟拾金不昧的誠實小學生一樣。

關於敵人的情報——零！

行人徒步區的人潮停了下來，大家都停下腳步往同一個方向看去。

發生什麼事了？我跟創也不夠高，被周圍的人群擋住，所以什麼也看不到。

相反地，正太郎跟艾莉絲矮小的身材，可以輕易地穿過人群。我只看到黃色及紅色的氣球在人群中前進。

「好像有街頭表演。」高個兒的卓也說。

我和創也試圖用肩膀跟手肘往前擠，但不高不矮的身體，行動起來相當不方便。

我們總算往前了一些，可以透過人們的肩膀向前看。

有個頂著白色濃妝、鼻子上還有一顆紅色小球的小丑，他重複著手上六個保齡球瓶不停拋接的動作。那是雜耍的一種。

在小丑旁邊可以看見日本電視臺的攝影機。現在錄了之後，晚上的地方新聞就會播出了吧？光這樣想就讓我緊張起來。

小丑手上的保齡球瓶，簡直像有繩子連結一樣，規律地在空中飛舞著。

「喔！喔！」人群中爆出熱烈的歡呼聲及掌聲。

所有的保齡球瓶都接住後，小丑向人群行了個禮，然後拿出撲克牌。

那撲克牌的大小跟我們平常玩的不太一樣。跟筆記本差不多大小的紙牌，在小丑熟練地操作之下，彷彿活了起來。

人群中又爆出掌聲。

「下一個表演我想請觀眾朋友一起幫忙。」小丑說話的同時，穿著同樣衣服的助理也出現在現場。

助理看看人群，像是猶疑不定該選擇哪位觀眾才好。

他的眼神突然停住，將綁著紅色氣球的艾莉絲帶到小丑面前。

觀眾再次給予掌聲。

「好可愛的小公主，妳叫什麼名字？」小丑問艾莉絲。

「艾莉絲。」艾莉絲笑著回答。

「好可愛的名字喔！」小丑的眼睛笑得瞇成一條線。

小丑身旁的助理抓住艾莉絲的肩膀，艾莉絲的身體則因為驚嚇而微微顫抖。

小丑環視人群，舉起手來。「現在，這張紙牌將要攻擊可愛的小公主。」紙牌在小丑的左右手中來回移動。

「艾莉絲小公主，妳不要害怕，乖乖睡覺……」小丑從口袋中拿出銀色懷錶，在艾莉絲眼前左右搖晃。「請看著懷錶，妳將漸漸沉睡……」

不妙！我脖子上的寒毛倒豎，我有股不好的預感……

艾莉絲閉上眼睛。我知道她的身體漸漸無力，不過助理已經緊緊抓住了艾莉絲的肩膀，使她不

至於倒下。
小丑不懷好意地笑著，笑容彷彿黏在他白色的臉上。
我想往前更進一步，以防事故發生時，我可以迅速搶救艾莉絲。可是，擋在我前方的人群，像是刻意要阻撓我一樣，動也不動。錯！他們擺明就是要妨礙我。在我前方戴著太陽眼鏡的男人們，回過頭來對著我微笑。
往身邊一看，創也跟我一樣被擋住而無法前進。
妨礙我們的那些男人們，全都戴著太陽眼鏡，該不會他們都是要綁架艾莉絲的成員吧……
「正太郎！」我朝著前方飄動的黃色氣球吼叫。「事情不妙！趕快去救艾莉絲！」
「叔叔，我沒辦法！」正太郎苦惱的聲音傳來。「他們抓著我，我動不了。」
卓也跟我們有一大段距離。他雖然想穿過人群，卻因為龐大的身軀而困難重重。
「艾莉絲！」正太郎叫喊著，但是進入催眠狀態下的艾莉絲，卻絲毫不理會正太郎，只是用朦朧的雙眼盯著小丑。
「艾莉絲！」我也跟著叫喊，但沒有用，艾莉絲依然神智不清。
接著，我看到小丑張開握著紙牌的手……
糟糕！這樣下去不行。
我拿出口袋的吸管，用牙籤插住爆米花碎片，接著再將牙籤塞進吸管中。
我跟艾莉絲之間的距離有點遠，而且即使沒有風，我也沒有信心會命中目標。

可是，我沒有時間猶豫。

我越過前面人的肩膀，瞄準艾莉絲身上的紅色氣球，用力吹吸管。

砰！紅色的氣球破裂。命中紅心！

那一聲巨響讓艾莉絲恢復了意識，同時被聲音嚇到的人群中也出現小小的騷動。

正太郎、我、創也，還有卓也走到艾莉絲身邊。

「嘿、嘿、嘿……」小丑正發出怪異的笑聲，而剛剛阻撓我們的那些戴著太陽眼鏡的男人們也跟了過來，將我們團團圍住。

我和創也背著正太郎跟艾莉絲，快速地躲在卓也身後。

「嘿、嘿、嘿……」

畫著大濃妝，我看不清小丑臉上的表情。但可以確定的是，小丑和助理、還有戴太陽眼鏡的男人們，他們都是企圖綁架艾莉絲的同一夥人。

我快速算了一下敵人的人數。「八個人啊……」

「九個人。」創也立即糾正我的錯誤。（好不容易，我

可以好好表現一下……）

「卓也，沒問題？」創也問。

卓也脫下上衣。「這種程度的對手，十個也不是問題。」

卓也嘴上雖然這麼說，但從他脫掉上衣看來，事情恐怕沒有這麼樂觀。

對了，這時候我們應該要採取什麼對策？

和卓也一起擊退敵人？不可以！一旦這麼做，就沒有人保護正太郎和艾莉絲了，我們反而還會成為卓也的負擔。

最好的對策是，帶他們兩個人到安全的地方避難。

但是，四周都被敵人包圍了……咦？

我轉頭，還以為我們被敵人團團圍住了，但錯了，有個地方出現了大漏洞。

為什麼會有個漏洞？但沒有時間想這些了。

我牽著正太郎和艾莉絲的手，朝創也叫喊：「快！從這邊！」

誰知創也卻動也不動，整個人僵在原地，好像在思考什麼一樣。

沒有時間想些有的沒的了！我背起艾莉絲，抓著正太郎的後頸，然後踢了創也一腳，硬是把他帶離現場。

我以為敵人會追上來，一面跑一面回頭看，但後面竟然沒有追兵。

咦……？

我停下腳步，但敵人們完全無視我們的存在，大家都注視著卓也。

算了，沒追上來就是一件好事……我總算鬆了一口氣。

敵人們紛紛拿出武器：蝴蝶刀、伸縮式警棍……

卓也蓄勢待發準備應戰、小丑不停地洗手上的牌，完全是動作場景即將開始的氣氛。

小丑張開血盆大口。「接下來讓我們盡情享受這一幕吧！」小丑說完，放開指間夾著的紙牌。

那一刻敵人迅速向卓也湧上去。

耶……竟然絲毫不把我們看在眼裡。

第五場　耶？惡作劇公園

我們沿著大馬路走。照理說應該要「逃跑」的，但卻提不起勁。因為也沒有人追上來……

創也從剛剛起就都沒有開口，不知在想什麼。但這時最好不要隨便跟沉思中的創也說話，這是我跟他相處後學來的經驗。

啊啊，除此之外我也學了不少東西，比如此刻創也的腦袋裡，一定在思考什麼我無法想像的事情。

現在，讓他一個人靜一靜吧！

「我餓了。」艾莉絲對著正太郎說。

對喔！也到了午餐時間。

「那我們去吃漢堡吧！」正太郎從口袋中拿出漢堡店的折價券。

每日半價！使用本券再半價！——折價券上醒目地寫著。

「只有我跟艾莉絲的分，沒有叔叔的。」

是、是！

「這是艾莉絲媽媽給的嗎？」我問。

正太郎點點頭。

這時，創也伸手握住正太郎拿著折價券的手腕。

「幹什麼！剛剛我講過，這張折價券是我跟艾莉絲的分！」

創也全然不聽正太郎的抱怨，只是認真地瞪著折價券。

這傢伙，有這麼喜歡漢堡嗎？

但我還來不及驚訝便脫口而出。「創也，放開他。要吃漢堡的話，我請你。」

我一說完，創也就立刻放開了正太郎的手腕。

沒想到家裡有錢的創也，也有貪吃的一面。

我和正太郎推開漢堡店大門，剛要踏進去之際，卻被創也阻止。「等一下！我們到對面那家漢堡店吃。」

創也伸手指向大馬路對面的漢堡店。

那家店價錢較高，但評價很好。

「叔叔，別說不可能的事，我沒有那家店的折價券。」

「放心！」創也自信滿滿的聲音，跟剛剛陷入沉思的模樣，大不相同。「剛才我聽到內人說要請客，我們就放心地到對面那家店。」

……等一下！

創也推著正太郎跟艾莉絲的背，往對面的漢堡店前進。我想拉住他，但已經來不及了……他們三個人已經魚貫地進入漢堡店了。

「好好吃、好好吃喔！」艾莉絲開心地啃著漢堡。

「普通啦！」雖然嘴上這樣說，但正太郎也一副滿足的模樣。

只有一個人——創也表情有略微不滿。

「……不管味道再怎麼好，漢堡終究是垃圾食物，對美食家的我而言，不合胃口。」

「那你不要吃！」我正要搶過創也手中的漢堡，但創也卻一口氣把剩下的漢堡全塞進嘴裡。

（美食家才不會用這種方式吃東西哩！）

我們坐在窗邊的櫃檯式長桌前，面對著大馬路。

最左邊的是我，旁邊分別是創也、正太郎和艾莉絲。

像這樣坐一橫排面對著人馬路，讓我想起以前重演過的電影。那電影叫什麼名字來著……沒關係，這時候身邊有本像「行動雜學事典」一樣的創也，真是非常方便。於是我趕緊問創也。

「『家族遊戲』，導演是森田芳光。」創也迅速回答，然後驚訝地看著我。「我太小看你了。你問我『家族遊戲』這部電影，莫非你也注意到了？」

耶？我注意到什麼……

說完，創也伸出一根手指。「我想再吃一個漢堡，你要吃嗎？」

「你要吃的話，要自己花錢買。」

「可是剛剛你說要請客的。」

「那我不要吃，我就不用請你了。」我一口回絕創也。

話說回來，創也還真悠哉，完全沒意識到敵人隨時可能偷襲我們。於是，我開口道：「我們差不多該離開了。卓也不在身邊，萬一被偷襲就糟了。」

這時，創也說出驚人的回答。「待多久都沒關係，只有在這裡才不會被偷襲。」

耶……什麼意思？

我想開口問，但創也已經從座位上起身了。「不過一直待在這裡，正太郎跟艾莉絲也會覺得無聊。為了讓他們兩人的約會圓滿成功，我們還是走吧！」

看到創也快速收拾托盤，我說：「你有說『我吃飽了』嗎？」

「……」

創也沒說話，但大概是認為我說得沒錯，於是他雙手合十說道：「我吃飽了。」

「對招待你的人的感謝呢？」

「……內人，謝謝你的招待。」

雖然不太有誠意，不過我已心滿意足了。

創也離開之前跑去櫃檯，不知道跟櫃檯姊姊說了些什麼。但這時，櫃檯姊姊露出笑容，將漢堡店的海報交給創也。

「創也……你要海報幹嘛？」我問。

「本來收集免費東西是你的專長……」創也走出店門口，一邊順手地將綁在欄杆上的旗幟拔了

1F席 18席
2F席 28席

下來。

「喂，可以嗎？」我企圖阻止他。

創也微笑說：「可以，我有得到許可。」創也開心地高舉旗幟，然後面對正太郎又問：「接下來你們打算去哪裡？」

「我想去車站前面的兒童公園……」

「很好！很棒的約會場所！」

……創也莫名high了起來！

「我們出發吧！」創也舉著旗幟高聲地說。

在他身後依序是艾莉絲、正太郎和我。我們好像桃太郎故事裡的那一行人：創也是舉著旗幟的桃太郎、艾莉絲是雉雞、正太郎是狗，那我不就是猴子……

「糯米糰子在哪裡？」我問創也。他回給我一個疑惑的神情。

午後的兒童公園。

公園裡有立體方格鐵架、盪鞦韆、單槓等任何公園都有的遊樂器材，小朋友三三兩兩地玩著遊樂器材。

另外有個帶狗來公園散步，卻坐在長凳上睡午覺的中年男子。一旁無趣的小狗，嗚嗚地叫了起來。結果被吵醒的中年男子，從一旁的籃子裡拿出一根狗骨頭拋向狗兒，小狗立即停止嗚叫，中年男子也接著繼續午睡。

穿著紅色套裝的姊姊，坐在不遠處的另一張長凳上。她戴著大帽子及太陽眼鏡，以致我看不清她的臉，我印象比較深刻的反而是她手上的棉花糖。我從沒看過將棉花糖吃得那麼優雅的女生。

成熟的女人！我在心裡暗想。

艾莉絲和正太郎奔向盪鞦韆而去。

「啊，等一下！」創也叫著他們，把旗幟交到正太郎手上。

「幹嘛拿這個？」正太郎忍不住抱怨。「拿了旗幟怎麼玩！」

「不用一直拿在手上，」創也硬把旗幟塞到正太郎手裡。「你把它立在你的身旁，這樣做可以保障你們的安全。」

「……」與其抱怨，倒不如趕快去玩的正太郎，舉著旗幟跑向盪鞦韆，和艾莉絲一起玩了起來。

「內人，你不用那麼累，休息一下吧！」創也對著在垃圾桶裡找尋可以使用的東西的我說。

「可以嗎？什麼都沒準備，萬一又有敵人……」我邊說邊把消氣的躲避球放回垃圾桶裡。

「我早已做好準備。」說完，創也擦了擦眼鏡。「我知道敵人的弱點。無論他們使出什麼手段，都戰勝不了我們。」創也充滿自信地說道。

嗯……既然創也都這樣說了，我就相信他。

這時……

「總算找到你們了。」卓也把西裝外套夾在腋下對我們說道。

衣服還很整齊，也沒有受傷，但聲音聽來很疲倦。

「卓也，你還好嗎？」我擔心地問。

「不用擔心，我只是有點累……」卓也說。

「那個小丑和助理，以及戴太陽眼鏡的男人們，都是格鬥的門外漢。雖然他們的武器很厲害，可是看到他們的使用方法後，我不禁捏了一把冷汗。」說完後，卓也穿上了西裝外套。

「周遭人反應如何？」創也問。

「反應啊……」卓也想了想說：「大家看得很入迷。當我打倒最後一個人時，旁邊還響起一陣熱烈的掌聲，甚至有人丟小費給我。」

「你沒有撿嗎？」我問。

「我沒有撿，不過我拿了這個。」卓也露出微笑，從口袋中拿出一顆糖果。「大概以為是在拍英雄傳吧！有個小孩對我說：『哥哥，你好強喔！送你。』就把這顆糖果當成禮物送我了。」

突然……

「有個很大的疑點，」創也伸出食指叫道，「他叫你『哥哥』，而不是『叔叔』。」

「對！是『哥哥』，不是『叔叔』。」卓也表情相當認真地回答道。

不過，沒有時間繼續討論了……

突然間，有輛小型巴士停在公園入口。門打開後，一群戴太陽眼鏡的男人紛紛下車。

仔細一看，他們的太陽眼鏡的鏡框彎得彎、斷得斷，還有人臉上帶著瘀青、鼻孔裡塞著面紙團。接著，小丑最後一個下車。

「這次你別想逃！」小丑的聲音充滿怒氣，白色的臉上到處是紅斑——原來那是鼻血。

「卓也，你是從他們手上逃出來的嗎？」創也問。

卓也搖搖頭。「我沒有逃。因為他們全被打倒，所以我才來到創也少爺的身邊。」

……嗯。

但是小丑依舊不怕死。「把艾莉絲交出來！」

卓也深深地嘆了一口氣，不耐煩地往前走。而我和創也則走到正太郎跟艾莉絲身邊。

卓也並沒有脫掉外套。由此看得出來對方沒有很強。

卓也每向前走一步，對方就往後退一步。很明顯地，他們在發抖。

但是，無論哪一種團體，都會出現有勇無謀的年輕人。大概二十歲左右吧！有個拿著鐵管的年輕人朝卓也飛奔而來。

「哇！」年輕人尖叫一聲，舉起鐵管往卓也頭上砍。

卓也輕鬆地伸出右手，擋下鐵管，而鐵管彷彿有磁鐵一般，牢牢地吸在卓也手上。

「啊、哇、哇、哇、哇！」一連串的尖叫後，鐵管被奪走的年輕人跌坐在地上。

鐵管在頭上轉了幾圈後，卓也將它收在右邊腋下。

接下來，再也沒有人敢靠近。

但是……

「哈、哈、哈、哈……」小丑大膽地笑著。「你實在很厲害。憑我們的力量，就算有上百人……不，上千人也贏不了你。」

戴太陽眼鏡的男人們，無不點頭表示贊成。（難道他們不覺得丟臉……）

「可是，等你看到這個，還打得下手嗎？」小丑舉起右手後，助理立刻將一名女性帶下車。

那名女性手被綁在身後，臉上畫著大濃妝、身材微胖。她的穿著很時髦沒錯，卻不太適合她。

「看到這名人質，你還要打嗎？」

卓也看看我們，我和創也則互看一眼——她是誰？

「媽媽！」艾莉絲大叫著想要飛奔到媽媽身邊，卻被正太郎一把抱住。

「把艾莉絲交給我們。」小丑露出得意洋洋的神情。

可是，沒多久小丑的臉上就現出害怕的神色。原來卓也正握著鐵管，一步步靠近小丑。

「你、你沒看到我手上有人質嗎？」小丑的聲音不由得激動起來。

卓也嘆了一口氣。「讓我說清楚一點，」卓也邊說，手上的鐵管還邊對著小丑。「艾莉絲有沒有被綁架，或是人質會怎樣，都跟我無關，我的工作只是保護創也少爺而已。無論是誰妨礙我工作，我都不會饒過他。」沉穩的語氣，仍帶有相當的魄力。

「卓也，等一下！」創也阻止卓也。

「你忘了嗎？創也少爺，有權力命令我的是龍王集團的高層。」卓也的立場堅定不動搖。

創也繼續說道：「我知道。可是，你沒有必要跟他們打架，不用把自己搞得那麼累。」

「沒有必要打架？」卓也問。

創也點頭。「沒錯，而且我們會大獲全勝。」

創也斷言，然後轉頭看著我說了句：「對吧？」

我很想點頭，但是事情到底是如何，我還搞不清楚，只好曖昧地微笑。

「喂，內人，把這個拿給他們看。」創也交給我的，是剛剛在漢堡店拿的海報。

百思不解的我，在心裡大喊：喂，你也幫幫忙！這海報能看嗎？但我也只能乖乖攤開海報。

（我還真是說不出口……）

這時，戴太陽眼鏡的男人們及小丑，大家全都嚇了一大跳。

很難相信，比起卓也他們竟然更害怕一張海報？

「啊啊，內人，不對啦！不是給他們看。」

創也指指坐在長凳上帶狗來散步的中年男子。「把海報拿給他看。」

……我不懂。

到底中年男子看了海報後，會有什麼反應？但是，一個一個問也是很麻煩。反正照著創也的話去做就不會錯……不對，我看是錯得離譜。

我拿著攤開的海報走近中年男子，雖然腳邊的狗對著我叫，但我一點都不在意。

中年男子睜大雙眼看著海報，就像看到鬼一樣。

我一步一步接近。

突然，中年男子「哇」一聲尖叫起來，趕緊用衣服覆蓋住一旁的籃子。

同時……

「卡！」小丑仰望天空大喊。

一旁戴太陽眼鏡的男人們則虛脫地跪在地上。

「你看，我們贏了。」創也得意地說。

「嗯……」雖說如此，但是為什麼贏，我還是不懂。

不，不只是我。卓也、正太郎、艾莉絲也都瞪大眼睛呆在原地。

創也走近小丑身旁。「我想，你應該好好跟內人他們說明一下，把鏡頭換個方向。崛越導播？」

第六場　耶？惡作劇公園＝〜無話可說〜

「龍王，我徹底敗給你了。」一邊由助理卸妝，小丑——不，崛越導播一邊說。卸完妝之後，崛越導播將他平常戴的黑框眼鏡戴起來。而他身上穿著的小丑服，卻意外地相當適合他。

戴太陽眼鏡的男人們也全都拿下眼鏡、治療傷口。原來這些人是崛越導播的部下——A到Z。

艾莉絲的媽媽，滿臉愧咎地站在一旁，艾莉絲此時則緊緊抱著媽媽的大腿。

因為艾莉絲在媽媽身邊，此刻的正太郎顯得無所事事。

卓也坐在離我們有些距離的鞦韆上，我和創也就站在崛越導播的面前。

帶狗散步的中年男子此時拿出籃子裡的小型攝影機，對著我們拍攝。

「你什麼時候發現的？」崛越導播問創也。

「剛剛在行人徒步區，被你的部下們包圍時。那時候，包圍著我們的圓圈，突然間出現了一個大漏洞，那看起來就像是為了不妨礙錄影而故意留的。綁架犯會注意這種事，不是很怪嗎？」

原來如此！

平常一家人吃飯，大家會圍著桌子四邊坐下。但是，拍電視劇時，一定會有一邊空著不坐人。因為如果有人坐在那裡，肯定會妨礙到錄影。另外，像電影「家族遊戲」裡面有一幕，是大家呈一橫排坐在長條桌前吃飯。

可是……嗯，對現在的我來說，不了解的地方還多著呢！
我攤攤手跟創也說：「我投降！趕快說給我聽。」
此時，創也吃驚地看著我：「內人，你在說什麼？當時說到『家族遊戲』這部電影時，我以為你都懂了。」
「嗯……懂是懂啦……不過，正太郎、艾莉絲還有卓也他們不懂，我認為有必要說明一下。」
「嗯……」創也將手放在下巴說道。
中年男子並沒有漏掉這個姿勢，立刻將鏡頭換到側臉線條看得最清楚的地方。
創也終於開口，「雖然麻煩，但我還是要從頭說起。」
說完創也還把手指向鏡頭，故意耍帥。「It's a showtime！」雙眼最後還不忘盯著鏡頭看。
「那麼……」創也伸出食指，「你仔細從事情的開端回想看看。」
我開始仔細回想。事情一開始是艾莉絲跌倒的那一幕。當時我們看到提日式外送箱的男人，直覺就認為他想綁架艾莉絲。
「事後回想起來，我們疏忽了一件很重要的事。我們必須多從日式外送箱這點來思考。」
日式外送箱……
「假如他是綁架犯，日式外送箱反而會造成他的麻煩。你想要綁架別人時，會刻意提著沉重的日式外送箱，去綁架他嗎？」

被創也一問，我搖了搖頭。幹嘛要提著那東西去犯罪？

「這就對了。但是那男人卻提著外送箱，所以重要的是那只外送箱。為了要讓整件事看來更自然，那男人故意打扮成外送人員的裝扮。」

跟我想得恰好相反。綁架犯打扮成外送人員的模樣，而他變裝的小道具，就是提著外送箱……

直到現在，我終於了解外送箱中裝的是什麼。

「攝影機？」創也問道，崛越導播則舉起右手示意。

這時，在車站遇見的外送人員，邊搔頭邊從小巴士上走下來。

「創也，我有問題！」我舉起手。「我已經知道外送人員利用放在外送箱中的攝影機錄影，可是他要錄什麼？」

「崛越導播是電視人，當然是要錄節目。」

「錄什麼節目？」

「這不難想像。趁艾莉絲和正太郎不注意時安排攝影師，錄製兩人約會過程的節目，這種節目的名稱大概是『第一次約會　小學生篇』之類的？」創也說。

崛越導播點點頭。

「錄影過程很順利，但是內人和我注意到可疑的外送人員，並且誤以為他是綁架犯。照常理來說，錄影會立刻中止，然後工作人員會上前跟我們說明事情的原委，希望我們配合錄影。可是，崛越導播……」創也話說到這裡停了下來。

果然創也在本人面前實在說不出「崛越導播不是普通的導播」這種話。
清清喉嚨後創也繼續，「……崛越導播是個收視率至上且敏銳的導播。」
轉得真好！我實在佩服創也頭腦的靈活度。
「崛越導播利用這個突發事件，將節目臨時改成——『保護小情侶不被綁架的國中生二人組』。」
崛越導播再次點頭。
「當我們在泡沫紅茶店時，崛越導播早已經準備好，安排綁架犯拿著刀子埋伏在電影院中。」
「有問題、有問題！」我又舉手。「那崛越導播怎麼知道我們要去看電影？」
創也點頭。「因為正太郎手上有電影院的折價券。」
「叔叔，等一下！」正太郎插嘴。「難道我媽媽也跟他們是一夥的？」
「沒錯。你和艾莉絲的媽媽就是希望你們到電影院或泡沫紅茶店，所以才把折價券給你們。」
「……」
「正太郎，是你說過艾莉絲的媽媽想讓艾莉絲多點曝光的機會，所以你應該有注意到吧？」
聽完創也的話，艾莉絲的媽媽不由得低下頭。
「而且，正太郎和艾莉絲的行蹤完全被掌握了。」說完，創也向艾莉絲借來白兔娃娃。「布娃娃裡恐怕藏著無線電波發送器。」
我也湊上前摸摸布娃娃。的確——尾巴的部分有個詭異的硬塊。
「因為我也長期被監視，所以我十分了解。」創也不經意地看向坐在鞦韆上的卓也，但卓也裝

作不知道。

「崛越導播安排我們在電影院中遭受攻擊，這時扮演綁架犯的部下和卓也的打鬥，引來電影院觀眾強烈的不滿。因此，收視率至上的崛越導播立刻改變節目方針，換言之，節目重點改為綁架犯與卓也的激烈打鬥。」

「龍王，你真是不簡單，連我製作節目的方針都相當清楚。」

被崛越導播一稱讚，創也馬上害羞地低下頭。

「可以理解的是，我們從戴太陽眼鏡的男人們手中逃出來的時候，如果他們的目標是艾莉絲，絕對不會讓我們逃跑，一定會馬上就追過來。但是，他們卻無視我們的存在，準備和卓也對決，那是因為對決會增加節目的可看度。」

我用力點頭。怎麼說，崛越導播都是個「收視率至上」的導播，絕對會為達目的不擇手段。

「最後的疑問。」我舉手。「為什麼崛越導播他們要害怕漢堡店的海報？」我站在創也旁邊攤開海報。

突然，帶狗散步的中年男子發出『哦、哦』的叫聲，立刻將鏡頭移開。

「照到也沒關係，到時候再打馬賽克。」崛越導播嘆了口氣說。

「很簡單的道理。對民間電視臺而言，最重要的不是觀眾，而是贊助商。」創也說。

可是，我依然不是很了解。

「假設有一部連續劇是由A汽車公司贊助，」創也舉個例子為我說明，「帥氣的男主角開的車，當然是Ａ公司的車。understand？」
我點頭。
「男主角被車撞傷，或撞人的車是Ａ公司的車的話？」
我歪著頭，搞不懂。「難道不是使用別家公司的車嗎？」
「答對了！會損害Ａ公司形象的場景，一律不使用Ａ公司的車，節目製作小組會十分留意這方面的事情。經過解說你應該了解，崛越導播他們要害怕這張海報的原因了吧？」
我攤開海報試試他們的反應。結果崛越導播就像吸血鬼看到十字架的反應一樣，立刻用手蒙住臉。
我不禁想——我們本來打算進去的漢堡店，正太郎有那家店的折價券，而給他折價券的是艾莉絲的媽媽，所以艾莉絲的媽媽跟崛越導播他們是一夥的，這一點可以了解。
換句話說——「我們本來要去的漢堡店，是節目的贊助商，但實際上我們去的漢堡店，卻是他們的競爭對手，當然海報也是對手的東西。所以，節目中不能出現這張海報。」
「賓果！」創也為我拍拍手。「當然，大方有雅量的贊助商是不會介意這點小事的，可是節目製作小組如果沒有萬全的注意是不行的。」
原來如此……
崛越導播看起來是任性地在製作節目，可是實際上他也相當辛苦。
「那麼……我的話到此結束。我可以離開了嗎？」創也詢問崛越導播。
「謝謝你協助節目的拍攝。」崛越導播疲倦地伸出右手說道。

創也也笑著與崛越導播握手。

此時，崛越導播像是突然想到什麼似地問：「對了，龍王、內藤，你們怎麼會在這裡出現？」

「啊，我們……」

我趕緊摀住創也的嘴巴，以防創也說出：我陪內人來演習與崛越美晴的約會。

呼……

「出來散步，轉換一下心情，沒什麼。」我若無其事地說。

創也灼熱的眼神，死命地瞪著我，彷彿在說我沒種。

創也開口說：「對了，美晴今天在幹嘛？」

好厲害！好自然的一句話！我對創也的崇拜度不禁提高。

「在家做餅乾。今天天氣很好，我要她出來走走，但她不肯。」

崛越導播瞇起雙眼，一副「女兒可愛到受不了」的表情。

「是喔！那如果有人約她去看電影，你會很開心囉？」創也說完，朝著我眨眨眼。

這問題問得好啊！

我對創也的崇拜度快破表了，同時，我的幸福指數也急速上升五公尺。

但是……

「啊啊，不行。」崛越導播揮揮揮右手說。

耶？

「就算約美晴，她也不會去看電影。」

……為什麼？

我帶著顫抖的聲音說：「可是，美晴之前當著全班的面，說她喜歡看電影。」

「哦，沒錯。但目前上映的電影中，大部分她都在試映會看過了。因為我工作的關係，會收到許多電影試映會的邀請函，所以從小她就習慣在試映會上看電影。直到如今，要她花錢去人擠人的電影院看電影，她才不肯。」

……

書上常有「眼前一片漆黑」的表現用法，那是真的！

明明就是太陽普照的公園，對我來說卻是暗無天日。崛越導播的聲音也離我越來越遠。

「我們也該回去電視臺了。今天很感謝你們協助節目的拍攝，這張二十個超級堡的兌換券就送給你們當作謝禮。我先走了。」

等我恢復意識時，崛越導播一行人早已走得不見人影。

「那個……」我小聲地問創也。「如果是喜歡的人約去看電影，即使看過也會答應嗎？」

「你要不要試試看？」創也拿出口袋的手機開始撥號。

我立刻奪過手機切掉電源。「下次再試吧！」我擦了擦頭上的汗。「他們都回去了嗎？」

回頭一看，卓也已經離開鞦韆，站在我們身後

「好忙喔！今天錄好的東西，馬上就要剪接播出。」創也說。

卓也搖頭。「不管他們多努力剪接，今天錄的東西全都不能播。」

「為什麼？」

「大部分的畫面上都有創也少爺，但是創也少爺是龍王集團重要的繼承人，一旦名字或臉出現在電視上，會提高被綁架的可能性。」說完卓也拿出手機。「今天的事要跟高層報告，請他們趕快跟日本電視臺聯絡，阻止節目播出。」

看著正在撥手機的卓也，創也說：「你人真好，那麼擔心我的安全。」多諷刺的一句話啊！誰知卓也竟然一臉正經地回答道：「這是我分內的工作。」

創也只好聳肩嘆了口氣。

我找尋艾莉絲及正太郎的蹤影。他們正兩小無猜地玩起盪鞦韆，艾莉絲的媽媽則站在不遠處。

呼～～看到他們，我不禁鬆了一口氣。

我和創也、卓也和日本電視臺的人這麼多人——製造的大混亂，彷彿跟他們沒有任何關係。這讓我突然羨慕起他們兩個人。

我們若繼續待在公園，恐怕會打擾到他們，於是我和創也往公園的出口走去，我們身後的卓也則向影子一般緊緊跟隨。

走出公園後，我對著他們兩人大喊。「喂！正太郎、艾莉絲！再見！」

創也也舉起手。

這時，正太郎狂奔到我們面前。「給你！」

那是皺成一團的折價券。有漢堡店、遊樂中心、卡拉ＯＫ——很多店的折價券。

「為了我們，你們辛苦了。這是給你們的禮物。」正太郎有些害羞地說。

怎麼辦？我看著創也。

最後創也收下了那些折價券。「謝謝，我就不客氣囉！」

此時，正太郎開心地豎起右手大拇指。「叔叔，掰掰，有空的話再找你們玩！」說完正太郎又跑向艾莉絲。

「……直到最後，他還是叫我們『叔叔』。」我說。

創也沒回話，只是微笑。

這時……

「好久不見。」

突然有人跟我們說話。

一看，剛剛在公園裡看到的女人，就站在我們面前。

那個穿著紅色套裝、紅色亮皮高跟鞋，優雅地吃著棉花糖的女人。

好久不見？我不認識她啊……

創也憐憫地看著一頭霧水的我，往前走。「妳好嗎？麗亞。」

麗亞……鷲尾麗亞小姐？

「我戴著帽子和太陽眼鏡，你竟然還認得出我？」那女人邊說邊脫掉了大紅帽子及太陽眼鏡。

帽子下的頭髮，散落在肩膀上，我這才認出她是冒險作家——鷲尾麗亞小姐。

這是自從在「電玩聖殿」分開後，我們第一次見面。

創也說：「有本書是這樣寫的：在專家面前出現時，同一雙鞋千萬不要穿第二次……」

這句臺詞他之前也說過。

「那本漫畫主角的眼睛該不會是這副德行吧？」麗亞將眼睛拉成一條線。

創也聳肩。

麗亞從包包裡拿出昆布糖放進嘴裡。「看起來雖然是同一雙鞋，但其實不一樣。我喜歡紅色的鞋子，所以同一款式買了好幾雙。」

對於麗亞的說法，創也無話可說。

「麗亞，妳在公園做什麼？」我問。

「取材。為下一部小說找找看有沒有資料可供參考。」

寫冒險小說卻來公園找資料？這我還是頭一次聽到。一般不都是去熱帶叢林或無人島……

麗亞看到我不可思議的表情後說：「我又不是冒險家，不需要自己親身去冒險，我想要的只是冒險時的興奮感。」

「妳來公園感受興奮感？」我繼續問。

麗亞只是微笑。大人的微笑——非常有魅力的笑容。（可惜看到嘴巴裡的昆布糖，有點小遺憾。）

「你們是來公園玩的吧？鞦韆、單槓、立體方格鐵架、沙坑……一來到公園，我就有股興奮感。」
被她一說，還真是如此。
立體方格鐵架，小時候覺得是難以征服的雪山，如今看來卻如此矮小。
在公園玩對我們來說，的確是個大冒險。
「我想把那種興奮感寫進小說中。」麗亞眨眨眼，伸展了一下四肢。「不過今天卻有個意外的收穫，竟然能遇見跟栗井榮太誇下海口的兩位。而且我剛剛有聽到，似乎發生了些有趣的騷動？」
麗亞的雙眼因好奇而閃耀著光芒。
「跟姊姊透露一下？」
「拍電視臺外景而已，不是多大不了的事。」創也裝傻。
麗亞撥撥頭髮。「啊，真可惜。我以為我們只在電玩方面是敵人，還盼望你們能幫幫冒險作家——鷲尾麗亞哩！」
不過她只是嘴巴上說一說，一點也沒有感到可惜的感覺。
「對了，真人版角色扮演遊戲進行得如何？」
「真人版角色扮演遊戲」這句話就從麗亞的口中說了出來。真人版角色扮演遊戲是指Real Role-Playing Game，有別於棋盤遊戲或電視遊樂器，也是創也和栗井榮太想創作的終極遊戲。
創也嘆了一口氣。「……妳覺得我會說實話嗎？」
「小朋友誠實最重要。」

麗亞和創也互瞪對方一眼。平靜的星期六，空氣彷彿瞬間凝結。

隨後麗亞首先笑了出來。「也對，探聽敵人情報確實不像栗井榮太的作風，那麼，讓我來透露些許情報給你吧！」

此時的麗亞宛如高貴的女王。

「朱利爾好像想到什麼了，近期內說不定會做出個成品。好期待喔！」

我想起在「電玩聖殿」裡遇見的朱利爾的臉孔。一個滿頭金髮、擁有日本國籍的白人小學生。我對他的印象，一句話——討厭的傢伙！

「話說到這裡了。回去後我還要寫稿呢！」麗亞說完就轉身背對我們。「掰掰，小朋友們。」

喀喀的高跟鞋聲逐漸遠去，最後只聽見她打開爆米花袋子的聲音。

我和創也張開嘴巴，用力吐了一口氣。其實我們很緊張，卻不自覺。

「朱利爾好像想到什麼……」

「……」

創也沒有反應，只是揉揉肩膀、轉動脖子。

我也不管他，繼續說道：「創也，你不在意嗎？」

「……有件事我要先說在前頭。」創也伸出食指。「我之所以要創作出終極遊戲，目的不在於贏過栗井榮太，而是為了要實現我的夢想。」接著他伸出中指。創也伸出的食指和中指，恰好是勝利的手勢。「我要創作終極遊戲的結果就是，我一定會贏過栗井榮太。」

……是、是！

我安心不少。這才是平常的創也。

遊戲創作陷入僵局，不符合創也的個性。還是莽撞、毫不考慮後果的大笨蛋，這樣比較適合創也。

我拍拍創也的肩膀。「既然最初的目的已經確認好，我們就回去城堡喝杯可口的紅茶吧！當然，泡茶的人是創也。」

創也弧形優美的眉毛緊皺在一起。「你已經忘了最初的目的。」

耶？最初的目的……？

「為什麼我們要去CINEMA 16？」

創也一說，我才記起來。的確，我們是為了約會的實地模擬才來的。

面對終於記起來的我，創也嘆了一口氣。「你肯定會長生不老。」

這是讚美我……嗎？

創也拿出手帕擦眼鏡。「剛剛崛越導播也把話說得很明白，約美晴看電影不太可能成功，既然這樣我們再想想別的方法。」

確實如此！

今天一整天的騷動，完全徒勞無功。但是，別的方法……想來想去還是想不到。

「我們先回城堡，喝杯可口的紅茶。當然，由我來泡。」創也拍拍我的肩膀。

天邊的夕陽彷彿也在跟我說：「打起精神吧！」

第七場　無言的結局

已經兩個禮拜過去了。
新的方法我仍然沒想到。
啊啊……

番外篇

保齡球yaho～

「內藤內人，ＧＯ！」

我，慎重地瞄準目標，丟出手中的籃球。球從屋頂往樓梯的方向滾去。

根據過去的經驗，我了解其中的奧妙。絕佳路線是，球的中心要通過樓梯第一階二十四公分處。

成功！

我跟身旁的觀眾緊緊跟隨球的腳步。

球彈過樓梯的第二階、第五階，速度越來越快。球撞擊到樓梯平臺的牆壁後，直衝四樓。

如果沒有垂直彈到四樓的滅火器，球就不會前進到三樓。

「你們也在玩３Ｄ保齡球？」一週前到學校實習的實習老師，巧妙地閃過球。

還好是被實習老師撞見。如果是學校老師的話，光是如何矇騙過關，就是一件辛苦的事。

球從三樓、二樓的牆壁反彈回來，繼續滾下樓梯，目標是一樓樓梯口。

最後……球打到斜立在鞋櫃旁的製圖版，接著換個方向以極快的速度彈出校舍。

球前進的方向前方排著十支寶特瓶。鏗！籃球以極快的速度將寶特瓶撞飛出去。

「內人選手的分數，六分……」計分員洋次將分數記錄在筆記本上。

「對於內藤選手的投球，你有何看法？」廣播社的博司背後貼著「播報員」的紙張，轉頭詢問隔壁棒球社的卓，卓的背後則是貼著「解說員」三個字。

「嗯，最後撞擊製圖版的角度，稍微偏了一點，很可惜。」卓以嚴肅的表情回答博司的問題。

我將倒在地上的寶特瓶回復原狀後，開口問洋次說：「真的有辦法全倒嗎？」

「啊啊，目前為止共出現三次，而且全部都是創也的傑作。」

……是喔，是創也喔！

我瞄了創也一眼。創也表面上看起來很平靜，但內心可是得意到不行。從何得知？看那傢伙的鼻翼微微鼓起就知道了。

那麼，就讓我說明一下目前的狀況。

現在是午休時間，我們現在在玩「保齡球之校舍版」。

關於「保齡球之校舍版」，我想每個學校都有自己的名稱和規則。順帶一提，我們將它稱為「３Ｄ保齡球」。對，從名稱中冠上「３Ｄ」就可以明白，我們玩的是最符合宇宙時代的立體保齡球。

投球地點：屋頂上。

朝樓梯往下滾的籃球，以強勁的速度滾向操場，擊倒樓梯口前的寶特瓶，球撞倒幾支寶特瓶就得幾分。用文字描述看來很簡單，但實際玩一玩，你才會發現３Ｄ保齡球其中的奧妙。

就初學者來說，連讓球從屋頂上朝樓梯滾下都有些困難，而且就算你運氣好，也無法保證會擊中四樓的滅火器。

再來是斜立在鞋櫃旁製圖版的角度。僅僅一度的誤差，籃球就會滾向意想不到的地方。

根據洋次的紀錄，打出十支全倒的人，只有創也。

「你真厲害。」我佩服地說。
「沒什麼大不了的啦！」創也爽快地回答。但當他這麼說時，鼻孔又稍微鼓起了。
「一加一一定等於二。不是偶爾，是一定。只要明白這一點，3D保齡球就跟填字遊戲一樣。」
是嗎……我知道一加一等於二，但還是無法擊出全倒。
所有人都聚精會神地聽創也說話。我認為創也的話聽聽就算了，不要太認真。
「現在我就來驗證剛剛所說的話。」創也對著圍繞在身邊的人說。
男生趕忙拿出筆記本記下如何擊出全倒的方法，而女生們則是用一副如癡如醉的表情看著創也。唯一冷靜的人就是我。
「從結果往上追溯。」創也丟出這樣的開場白，隨即跪在排好的寶特瓶前。
「為了擊倒所有寶特瓶，球一定要從這個角度過來，因此球本身要有一定程度的速度和迴轉。」
洋次舉手發問。說個題外話，我從沒見過洋次在課堂上舉手發問。
「為什麼一定要迴轉？」
「為了讓物體能穩定地前進。」創也冷淡又簡短地回答，說完後就在地面上做記號。「球裡面充滿空氣，由此可見球具有反彈力。從球的反彈力來看，若沒彈中這個點，球便不會朝寶特瓶飛去。」
所有人邊聽，邊不停點頭。大家真的都聽懂了嗎？
「讓球彈到這個點，也間接決定製圖版的角度。從牆壁的反彈角度來思考，一定要擊中滅火器下方二十三公分處，誤差不能超過半徑兩公分，如此才能打到製圖版。因此，球從樓梯第一階右邊數來二十四公分的地方滾下，就是最佳位置。」

Ｙｅｓ！我在心中握緊拳頭。我判斷的最佳位置和創也說的一樣。

「很好，我了解了！」達夫握緊拳頭、挺起胸膛。

「你這麼一說，遊戲就簡單多了。下一個全倒看我的！」

我們走向屋頂。前陣子颱風來襲，學校為防止漏雨，在屋頂的各個角落鋪上藍色帆布。可能是有點風吧！帆布啪嗒啪嗒地作響。

達夫手上拿著籃球。「ＧＯ！」說完十分有氣勢的一句話，達夫很慎重地丟出手上的球。

球一如期望地通過樓梯的第一階，滾向四樓。然後，球彈中滅火器，又絕妙地滾下樓梯。

達夫能不能繼創也之後丟出全倒呢？我們趕緊追著球跑。

再讓我來說明現在的狀況。此刻是午休時間，所以有許多學生在校舍及操場活動。

因為大家都知道３Ｄ保齡球，所以當球往下滾時，大家都會很識相地讓路，而有時會打中正在發呆的學生而「洗溝」，但更大部分的情況是……

「好痛！」

「抱歉、抱歉！」

「不，是我沒注意到球來……」

沒有爭吵、沒有打鬥、和平地結束。

但，更偶爾發生的狀況是……

達夫的球順利地滾到一樓，目標是製圖版。

我們一群人先往保齡球的方向跑去。

擊中製圖版後的球，就像大砲擊出的砲彈一樣，強而有力地飛來。

這時……有個女生剛好從寶特瓶前面經過。

危險！我才這麼想而已，身體已經動起來了。

不，不只是我。很不幸地，連運動神經不好的創也，也跟著動起來了。

我本來預定可以在球行進的軌道上，以帥氣的姿態接住球，可是……

手腳不聽話的創也，雙腳不小心絆了一下。為了保持平衡，他的手迅速推了我一把。

沒辦法，真的很無奈……

我的身體被推向球行進的軌道上，結果，籃球毫不留情地擊中我的左邊臉頰。

也罷，球沒有擊中女生，還好……

「啊……內人，你搞什麼鬼？我的全倒毀在你手裡啦！」達夫對我咆哮。

「洗溝！」一旁的洋次冷冷地說。

「你應該看看我的臉，你難道沒有話對我說？」我讓達夫看我的臉，被球打到的痕跡還牢牢印在臉上。

「你該不會是拿籃球當枕頭午睡吧？」達夫不可思議地說。

「內人，冷靜一點，你一直責備達夫也沒有意義，這只不過是個不幸事件。」創也說道，一副事不關己的模樣。

說白一點，要是創也不在場的話，我就不會被球打到！

都是你那不聽使喚的手腳，我才會遭遇不幸！我在心裡吶喊著，一把撿起地上的球，正準備朝創也扔去……

「ㄟ……你沒事吧？」一張充滿擔心的臉孔看著我。

是我要挺身相助的女生——隔壁班的綾子。此刻她的臉彷彿打上柔焦，看起來閃閃發亮。這可不是被球打暈的錯覺喔！

球從我手中落下。

「沒事、我沒事！妳沒被球打到就好！」我燦爛地笑說。

「你看，他本人都說沒事。綾子，妳不要擔心。」創也拍拍綾子的肩膀。

我跟你之間還有一筆帳要算哩，創也！

時間是校慶前一個禮拜。仔細想想，這時剛好是大騷動的開端。

我們向日常與非日常的接點前進。

錯！老實說，我並不想前進……

休息時間

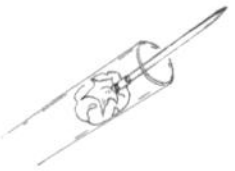

二階堂卓也登場！

二階堂卓也。
職業：在龍王集團特殊任務部總務課擔任主任祕書一職。（實際上，是莽撞中學生的保鑣。）
興趣：閱讀工作情報誌、研究兒童保育。
夢想：成為一位深受小朋友歡迎的保母。
座右銘：無論是誰都無法妨礙我工作。

23：19 超商

回家的途中有一間超商。因為玻璃門上寫著「硬毛刷超商」，所以大家都叫它超商，可是它跟普通的超商又有些不同。

卓也心裡稱那家店為「雜貨店」。

那整家店看來就像玻璃水槽。也只有那家店，才會在黑暗中發出光芒。

門一打開，櫃檯的歐巴桑……

「歡迎光臨～」

懶懶地說。

這家店是二十四小時營業的，但是，不管什麼時候去，櫃檯永遠都是同一個歐巴桑。

我都是晚上才去，白天也是這個歐巴桑顧店嗎？以前，卓也曾經這樣想過，於是他在休假的早上去了那家店。

「歡迎光臨～」

果然還是同一個歐巴桑站櫃檯。

歐巴桑並沒有穿著超商常見的鮮豔制服。

她是個身穿白色炊事服，戴一副圓眼鏡的歐巴桑，太陽穴旁還貼著一塊小膏藥。貨品上架跟店內的清潔工作，可能有人來做吧……

看到卓也驚訝的表情後，歐巴桑不懷好意地笑著。再繼續想下去，搞不好歐巴桑會出現更可怕的想法，於是卓也停止了思考。

避開歐巴桑的視線，卓也往店內走去。

雜誌區。卓也手上拿了一本工作情報誌，這是必買的雜誌。還有，今天是月刊《保育技術》及《保育之友》的出刊日。這家店有大型書局也不見得會賣的《保育技術》及《保育之友》，這也是卓也會來這家店的原因之一。

卓也拿著三本雜誌走向收銀臺。歐巴桑的手在算盤上打了打。「總共是一千六百三十圓。」

卓也分毫不差地付了錢。

「謝謝光臨～」

卓也也朝歐巴桑微微笑一下。每個月都能買到《保育技術》及《保育之友》，卓也顯得十分滿足。

23：52 公園

卓也走出「硬毛刷超商」，將車在停車場停妥，手上抱著裝進紙袋的雜誌。

超商旁有一座小型兒童公園，卓也打算在這裡讀特別專欄。

很可惜深夜的兒童公園沒有小朋友來玩。卓也坐在街燈下的長凳上，打開雜誌，開始讀特別專欄。

本月《保育技術》的特別專欄是「安全教育」，標題「小孩的安全是保育工作的基本」映入眼簾。

「原來如此……」卓也一字一句非常認真地讀。他的眼神越來越銳利，如果不良分子看到現在的卓也，一定會嚇得拔腿就跑。

安全是保育工作的基本——卓也將這句話刻入心坎裡。

也對，無論是自己或他人，都要好好對待。

卓也可以感覺到心裡有一部分變柔軟了。

本月的特別專欄，真可以學到不少東西！

卓也繼續認真閱讀，眼神更加銳利。如果，有個哭泣的小孩看到現在的卓也，大概會靜靜地擦乾眼淚，勉強裝出笑臉。

卓也站起身，閉上雙眼。

我現在是保母。年輕又滿腔熱血的保母。卓也這樣告訴自己後，睜開雙眼。

卓也放眼所及的，不是深夜無人的公園，而是充滿陽光的托兒所運動場，有許多小朋友開心地跑來跑去。

「來，和老師一起玩。」卓也對將來可能會遇見的小朋友叫喊著。

達！達！達！腳步聲有節奏地接近。

是一個身穿灰色運動服的年輕人，他有時停下腳步來個左刺拳、右直拳，在拳擊練打。

突然，年輕人的右直拳突然間停在半空中。

什麼？有個身穿黑色西裝的高個男子，在溜滑梯那裡看似開心地走來走去。

那個人不就是同一棟公寓的……

「卓也？」年輕人不確定地開口。

卓也停止動作，滿臉的笑容就像摘掉面具一般消失無蹤，臉上瞬間毫無表情。

「哦，是矢吹啊！」看到年輕人後，卓也說。

他的聲音聽來不太高興，宛如心愛玩具被奪走的小孩。

「這麼晚你在做什麼？」卓也問矢吹。

「我在做長跑訓練，比賽快到了。」矢吹說完又是左右連續出拳。

「啪」地一聲，拳風劃開夜晚寧靜的空氣。

「要成為拳擊好手也真是辛苦。」

「我只是做我喜歡的事。」矢吹笑一笑後停止練打。「卓也，那你在幹什麼？」

「保母練習。」

「保母練習？」矢吹一臉不解。

「跟你們拳擊練打一樣，我在假想小朋友就在眼前，由我來進行保育的工作。我稱之為——保母練習。」卓也得意洋洋地說明。

矢吹判斷，別捲入其中比較好。

卓也似乎想到什麼，「啪」地拍了一下手。「對啦！有個人當你的對手一起練習，比一個人好多了。我來當你的練習對手。」

練習對手？

矢吹嚇了一跳，自己仍然是拳擊的初學者啊！

「相對地，你也要當我保母練習的對手。」卓也滔滔不絕地說。

保母練習的對手？

矢吹再度嚇一跳。同時，他也再一次覺得自己還是別捲入得好。

可惜，卓也並沒有察覺矢吹的心情。

「我們來猜拳決定誰先當對方的練習對手。」卓也握拳，面無表情地說，然後也不等矢吹的回答就逕自舉起右手喊道：「剪刀、石頭、布！」
矢吹注視著卓也的右手。
他對自己的動體視力相當有自信，甚至看得見飛舞中蒼蠅的翅膀。
矢吹要出手的瞬間，看到卓也始終握拳。
對方要出石頭，我出布就會贏他。
但是……
結果，矢吹出布，而卓也出的是剪刀。
「啊，我贏了，那你就先當我保母練習的對手。」卓也背對矢吹走向溜滑梯。
矢吹不敢置信地看著自己的手。為什麼會輸……
直到最後一刻，他都還看到對方握住拳頭，所以才出布，但對方竟然出剪刀……
矢吹忍不住打了個冷顫。
該不會卓也看見我要出布，一瞬間改成剪刀……
若真是如此，卓也的動體視力和反射神經，豈不是比他這個拳擊手還要佳……
矢吹頓時感到全身無力。
一切都是偶然……吧！
「喂，矢吹！趕快過來！」卓也在溜滑梯旁揮手。

「我該做什麼？」說完，矢吹正準備要坐溜滑梯，但這時……

「還不行！」卓也尖銳的聲音，讓矢吹嚇了一大跳。「安全檢查還沒結束。」

說到此，卓也想起《保育技術》裡記載的事項：溜滑梯深受小朋友的喜愛，但也很容易發生危險，因此必須做過下列的檢查才能玩。

「第一，End的沙地有沒有被挖過？另外，會不會硬邦邦？」卓也說。

矢吹在一旁戒慎恐懼地問：「那個……End指的是什麼？」

「溜滑梯盡頭的地面。如果有被挖過，或硬邦邦的話，腳跟腰會受傷。」卓也接著回答，手一面摸著溜滑梯的表面。

「第二，夏季日照強烈，溜滑梯表面會過熱，很容易燙傷。所以一定要以手觸摸看看，確認會不會太熱，才讓小朋友玩。」卓也說完，翻開手掌，但手還沒沾到夜露。

「第三，溜滑梯表面太濕的時候，下滑的速度會過快，一樣會發生危險，所以不能讓小朋友玩。」

說完，卓也臉上終於露出微笑。

「那我要溜了喔！」

正當矢吹要爬上樓梯時，卓也阻止他的動作。「還沒……」

看到卓也的眼神，矢吹連動都不敢動。此刻卓也的眼神非常認真。

卓也快速檢查矢吹的服裝，「第四，身上有會妨礙行動的繩子或小背包時，也不能玩。」說

完，卓也微微一笑。

矢吹的臉頰感覺有冷汗流過。

最後卓也開心地說：「來！小朋友！跟老師一起玩溜滑梯！」

聽到這句話，矢吹頓時感到全身無力。比起那些激烈的訓練，當卓也的對手更累。

卓也進行完各種遊樂器材的安全檢查後，他的保母練習總算結束。

這時，矢吹感到自己已經化為灰燼。兒童保育這條路，竟如此深奧啊……

「謝謝你，矢吹。現在換拳擊練習。」卓也擺好動作。

矢吹看到卓也的動作後，不禁嘆了一口氣。「卓也，你有打過拳擊嗎？」

「我沒有打過拳擊，我討厭打架。」

也是啦……

看到卓也的動作，矢吹想：只是把緊握的雙拳在身體前面舉起，完全是門外漢的動作。

矢吹又嘆了口氣。「請將左腳伸直，與肩同寬。右腳打開約四十五度，稍微移動半步。右腳腳跟抬高五公分，體重平均放在大拇趾跟腳跟。膝蓋微微彎曲。不可以碰到右腳腳跟。」

嗯，做得很好。看到卓也的腳，矢吹滿意地點點頭。

「上半身斜斜地面對對方。頭伸直，下巴往內縮。左手在臉前方伸出。手肘成九十度。右手握拳放在下巴前，朝著對方的下巴。兩手手背向外，手肘不要打開。」

「這樣嗎？」卓也照著矢吹的話，擺好動作。矢吹滿意地點頭。「嗯，很好。」然後自己也擺好架式。「保持這樣的動作，手自然地往前伸，試著出拳看看。」

「我愛怎麼打就怎麼打嗎？」卓也問。

「嗯，我不出手，只是躲而已。」矢吹一派輕鬆地回答。

不過是門外漢，沒有必要害怕。

但是……

「咻」一聲在右耳邊響起。

矢吹的寒毛倒豎，汗水自然流下。

剛剛那是怎麼一回事……左刺拳？速度太快了，他一時反應不過來……

「可惜，往右邊一點會更好。」矢吹看著卓也說。

原本以為他只是個普通的上班族。錯了，這想法太天真。

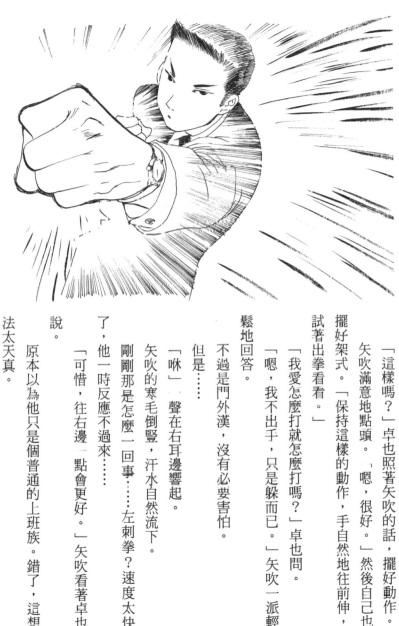

普通上班族會在深夜的公園做保母練習？

矢吹開始後悔起來。如果拒絕跟這個不普通的上班族練拳擊，那該有多好？

「那我繼續囉！」

「等、等一……」矢吹還來不及將話說完，卓也碩大的拳頭便不停逼近，讓他連說話的時間都沒有，只能把全部的精神都用來躲避拳頭。

卓也的左右連打像機關槍一樣落下，矢吹只能死命地躲。

直到眼睛看得見逼近的拳頭，稍微有些空檔時，矢吹腦海突然出現了一個恐怖的念頭。如果卓也出的是左右鉤拳或上鉤拳的話……

矢吹望著卓也，隱隱約約看到卓也的微笑。

不久，他感到左邊有拳頭逼近。

糟糕！這麼想的瞬間……

鈴～鈴～鈴～鈴～鈴～手機鈴聲適時響起，化解了緊張的氣氛。

卓也的拳頭停在太陽穴數公分前，這時的矢吹已全身癱軟地跌坐在地。

卓也背對矢吹講電話。「我是二階堂。」

「你的來電鈴聲不能換個有品味一點的嗎？」

原來是上司黑川經理打來的電話。

「為什麼經理會知道我的來電鈴聲？」卓也冷冷地說。

「先不管這個，我有工作上的事情……」
此時，大馬路上傳來警笛聲。不只一臺。三臺……四臺……
「A銀行的運鈔車被搶，保全人員受傷被送往醫院。警方迅速拉開警戒線，犯人目前尚未落網。」黑川經理的聲音從電話的那一頭傳來。
「這跟我的工作有任何相關性嗎？」
卓也的工作是龍王創也的保鑣，發生銀行搶案，的確是跟他沒有關係……
「警戒線的範圍還包括創也少爺的學校，犯人有可能跟創也少爺會有接觸。」
原來如此，是這樣啊……
「高層發出命令，進入C級警戒狀態繼續保護創也少爺。」
「……明天是我睽違已久的休假。」
「是啊！所以我跟高層講過，『二階堂連休假都放棄，一直努力工作，對現在的他而言，最重要的是看個表演等等好好放鬆一下的時間』。」
「黑川經理……」
卓也有些感動。志氣不相投的上司，竟然如此體恤部下……
「高層說的話別放在心上，你好好享受你的假期。」
「謝謝。」
「對了，明天三點到中央堂來。寶塚歌舞團有特別公演，看完之後我們一起吃個飯。」

「……什麼意思？」

「我剛剛不是說過，對現在的你而言，最重要的是看個表演等等好好放鬆一下的時間。為此，我特地弄來寶塚的票，這樣的上司真是踏破鐵鞋也找不到的。」

「這是命令嗎？」

「沒這回事，這純粹是上司體恤下屬的私人邀約。」

「那麼我還是遵從高層的命令，放棄休假，繼續保護創也少爺。」

電話那一頭傳來咋舌的聲音。

「不過，C級警戒沒必要如此擔心。而且搶了運鈔車後，馬上被警察追捕，這個犯人顯然不怎麼聰明。既然已經拉開警戒線，相信犯人很快就會落網。」卓也輕鬆地說。

「這件案子跟頭腦集團大有關係。」黑川冷淡且低聲地說。

「……既然這樣，事情為什麼會變得如此棘手？警方甚至還拉開警戒線。」卓也壓抑住顫抖的聲音問。

「如果使用者沒那個腦袋，性能再優秀的電腦，也只是個箱子罷了。」黑川說。

頭腦集團——沒有人知道它的真面目，一直以來都是一個謎樣的集團。它真正的名稱也沒有人知道，因此龍王集團都以「頭腦集團」來稱呼它。

任何企劃案這個集團都能接——小到商店街的年終特賣，大到企業的買賣工作。而且有傳言指出，那些企劃案中有很多涉嫌不法。

沒錯，一切都是傳言。為什麼？因為頭腦集團所立下的犯罪計畫，從來沒有留下過證據。
「對頭腦集團來說，這真是個大失敗。所以啊，一定要慎選合作的對象。」
「在合作對象這方面，頭腦集團沒看走眼，但壞就壞在，合作對象的企劃書被不良分子奪走了。這次搶運鈔車的就是那不良分子。」
原來如此……卓也這才理解。假如頭腦集團的計畫，是由沒有考慮到下一步的不良分子來實行，會失手是理所當然的。
「整件事跟買企劃案的對方一點關係也沒有，問題在於頭腦集團和不良分子。頭腦集團把自己的企劃案當成藝術品來看待，因此當藝術品被弄髒時，他們無法坐視不管。」
「……」
「他們會使用一切手段，比警方早一步讓不良分子消失。所以，你要好好保護創也少爺，別讓他捲入這起案件。」
「……」
「再確認一次，狀態是C級警戒。如果一切平安無事地落幕……」
「落幕後？」
「寶塚歌舞團特別公演的門票，就當作是你的獎賞。」
卓也掛上電話，手機也一併關機，然後是深深地嘆息……
卓也環顧深夜的公園。剛剛看起來還像托兒所的運動場，此刻卻是寂寞昏暗的公園，蟲聲與警

笛聲交雜在一起。

對於自己的日常生活，卓也很是理解。

坐在地上的矢吹站了起來。「卓也……」矢吹問，「你究竟是啥來頭？」

「夢想成為保母，卻無法違抗命令的一介平凡的上班族。」卓也嘆口氣說。

第二幕

MISSION IN SCHOOL FESTIVAL

SCENE01：校慶前一天傍晚 平常

放學後的操場邊。我靠著銀杏樹，腦中思緒翻騰。
天空不時有直升機飛來飛去。
直升機昨天飛了一整晚，雖然很惱人也拿它沒辦法，不過現在我卻一點都不在意。
啊，在這之前我先來解釋，明明大家都為校慶忙碌，而我卻在這裡出現的原因。
我是被女生叫到這裡來的。
把我叫出來的，是隔壁班的綾子。就是一個禮拜前，我保護她不被球打到的女生。
午休時間，我在屋頂的樓梯上睡覺時，綾子跑來找我。
「我有事要拜託你，放學後我在銀杏樹下等你。」她在說話的同時，及肩的長髮隨風飄揚。
雖然我還在恍神，不過「放學後」及「銀杏樹下」等關鍵字，深深烙印在我腦海中。然後，她那彷彿貓一般的瞳孔……
……因此，我才會在這裡。
「內人，你要去哪？」
「距離校慶已經沒剩多少時間了！」
「陣前落跑一律殺無赦！」

「你腦袋裝什麼？背叛者！」

責備的聲浪此起彼落，但那都不要緊。我腦裡的思緒彷彿永無止境的錄影帶，一直預演著綾子到來時的情景。

首先，我最好先確認自己的心意。我喜歡的人，是崛越美晴。

即使綾子對我說些什麼，我的心意也不會動搖。這一點我有自信。

雖然是單相思，但我還是喜歡崛越。

可悲的是，崛越喜歡的人是創也。無論我多努力，也超越不了創也吧……

腦中浮現中午綾子來找我時的臉孔。她帶著祈求的眼神看著我，好可愛……

全都是我自己單方面的幻想，以現況看來順利交往的機率近乎零……

不行、不行！想太多了。

重來一次！從綾子來到我眼前的地方開始。

首先，我的立場和心意必須很明確。我喜歡的人，是崛越美晴。

無論綾子說了什麼，我的心意絕不改變。大概，不會變吧……

但是，被她叫出來的理由，我心裡大概有個底，這讓我的心意開始動搖。怎麼說？我是以男子漢的姿態挺身救她的人，她單獨叫我出來，讓我的心裡多少有點期待……

糟糕……

此時，綾子小跑步過來。每當她揮手時，頭髮也跟著飛舞。簡直跟電影情節沒兩樣。

一回過神來，我也帶著燦爛的笑容朝她揮手。

她站在我面前，低下頭緩和呼吸，一句話也沒說。

在等待她開口的過程中，我仍舊沉浸在幻想中。

不好意思，我喜歡的是崛越美晴。不過，當朋友我是不介意啦！

再等一陣子，她依然沒開口，因此我繼續我的幻想。

不好意思，我喜歡的是崛越美晴。不然，我們先從朋友當起吧！

她還是不發一語。

我先開口說：「妳跑過來喉嚨一定很乾，不如我們去漢堡店？」

這時，她抬起頭。她對著我微笑，好甜美的笑容。

……還是先從朋友當起好了。

所以我們來到漢堡店。

有段時間漢堡店門口會插著「平日半價」或「每日半價」的旗幟，但現在是什麼都沒有。

我替一直沒開口的她點了一個超級堡，我自己則點了杯小杯可樂。跟以前比起來，超級堡貴了五十塊。

「上次的事謝謝你。」直到漢堡吃了一半後，綾子才開口。

我沒說話只是微笑。

「那時候我就覺得你是個靠得住的人，我朋友也說你靠得住……」

「哦，是嗎？我自己是不太清楚，可能吧！」我搔著頭答。

然後我盡可能裝出一副靠得住的表情，可是……

「你要打噴嚏嗎？」被綾子一問，我趕快回復正常。

「在班上你也有很多朋友吧？」

「嗯，大家人都很好。剛剛我一說『我有事』，雖然準備校慶很忙，但他們還是說：『你不用介意，趕快去辦』。」

我站起來往櫃檯方向走，接著用綾子也聽得到的音量，大聲地點餐：「我要三十個超級堡！」

幸好我手上有崛越導播給的「二十個超級堡」的折價券，再加上我自己的零用錢，剛好夠買三十個！

我回到座位上，對綾子說：「給班上同學的慰勞。我不在時，他們還繼續準備著。」
這時綾子看我的眼神，交雜著感動與尊敬。
「嗯，你跟達夫交情好嗎？」
「嗯。」我點頭。
達夫是我的同班同學，十分迷一個叫「The Samba Chair」的搖滾樂團。這次校慶他就組成一個叫「The Number Chair」的樂團，準備做live演出。
對喔，創也也是其中一員……
「達夫有女朋友……嗎？」綾子小聲地自言自語。
這時……我感到風吹的方向微妙地改變。（我奶奶從小就教我用肌膚的觸感，辨別風吹的方向。）
「喂，你有聽說過他有女朋友嗎？」
「……」我答不出來。
達夫沒有女朋友——我猜！
那傢伙老是把「二班的愛子是我的最愛！」這句話掛在嘴上。雖然他沒有跟愛子交往，但每當有人向他告白時，他總會明確地說：「抱歉！我有喜歡的人了。」然後爽快地拒絕對方。
可是，我要如何跟綾子說出事實……
我陷入深思，綾子又再次喃喃自語。「校慶隔天我就要轉學了。」

「……」

「所以我想將達夫的演出，用攝影機錄下來。」

綾子從書包裡拿出一臺小型ＤＶ攝影機。

這是今年過年時出的機種。這一定是她用以前存下來的壓歲錢，加上今年的壓歲錢所買的攝影機。（竟然連這種小事我都去想，我真痛恨自己的想像力。）

「為什麼找我？」

「因為校規規定不能帶攝影機，但如果是內人來拍，一定會做到不讓老師發現，順利拍好。」

「……」

到了此時，我才想起午休時她並不是說「我有話跟你說」，而是「我有事要拜託你」。

對了，這樣的事情之前好像也發生過。

我問綾子：「是誰跟妳說我靠得住？」

「你們班上的美晴。她說你請她吃超級堡，又不厭其煩地聽她說話，果真是如此。」

綾子笑得很燦爛。

我的笑臉有沒有僵在臉上？

「妳喜歡達夫？」我一問，綾子便害羞地低下頭。

什麼都不用說，我已經知道答案了。

「嗯……說不定是我太雞婆，但是轉學前，告訴達夫妳的心意不是比較好嗎？」

我說完，綾子立刻搖頭。「不用了。我知道達夫有喜歡的人……達夫很專情吧！即使我告白，他也不會多看我一眼。」

這句話狠狠地打在我胸口。什麼嘛！感覺徹底輸給達夫。

「而且比起告白失敗轉學，我比較想抱持著，也許他也喜歡我的希望轉學。」

綾子都這麼說了，我也不想勉強她。

想了好幾次，我還是不知道如何回答。

我唯一能做的，是將綾子的攝影機拿在手上。「有沒有說明書？使用方法我大概知道，但我想要拍出最棒的影像。」

綾子將攝影機套跟說明書交給我。

此時，漢堡店的大姊姊走到我們位子旁。「讓您久等了，您的三十個超級堡。」

看著大姊姊提著的三個大塑膠袋，我誠惶誠恐地問：「……這些可以退嗎？」

「恐怕沒有辦法。」

「至少能換成普通漢堡吧？」

「恐怕沒有辦法。」大姊姊帶著免費的笑容回答我。

SCENE02：校慶前一天晚上　平常↓非常時期

走出漢堡店，我和綾子道別。她們班的校慶準備已經完成了。

「妳一個人回家沒問題？昨晚搶運鈔車的嫌犯還沒落網，妳不怕危險嗎？」

綾子輕輕搖頭。「嗯，沒問題。到處都有警察，比平常還安全。你還是趕快回學校，把漢堡拿給你的同學們吃吧！」

既然綾子這麼說，我就回學校去吧！

兩手提著漢堡，老實說真的很重。但更沉重的，是我的心和腳步。唯一變輕的只有荷包。

不，可惡的是我自己。一被女孩子叫出來，就忘了自己是誰。

另外，我明明就喜歡崛越，但看到別的女生竟然意志不堅，應該要回去好好反省。（其實我變不變心跟崛越一點關係都沒有……不行，我忍不住悲從中來。）

振作一點！為了女孩子的事煩惱成這樣，不丟臉嗎？男子漢要勇敢向著陽光走！

我試圖尋找太陽，但是夕陽已西下，昏暗的天空開始有星星出現。

我再一次振奮精神。

對我來說，最重要的是男人的友情！

班上同學的臉孔浮現在我眼前。即使我不在，那些傢伙們也持續為校慶做準備。

等等我，我馬上拿漢堡回去！

我立刻朝學校飛奔，腳步也輕盈起來。

校門口站著一名警察。這名警察是要保護我們不被犯人攻擊，所以他從早站崗到晚上。

我對他敬個禮，走進學校。

「對不起，這麼晚回來。不過我給你們帶了點心喔！」

提著漢堡的我，以為大家會很開心地迎接我回來。可是，相反地……

「內人，你搞什麼鬼！」

「你自己看看幾點了！」

「距離校慶只剩十五個小時！」

「要有覺悟、覺悟！」

「讓你遊街示眾，甚至嚴刑拷打，你都不能抱怨！」

怒罵聲不絕於耳。

「點心我們就不客氣了。」

我呆立在原地，然後我手中的超級堡被奪走，一一分發給大家。

「內人，謝謝！」

有幾個女生對著我笑，我心裡才舒坦一些。

「起碼還知道要帶點心回來，內人你頗機靈的。」達夫一面啃漢堡，一面說。

說來說去，還不是因為你……

我將達夫手中的漢堡搶來，塞進自己的嘴裡。

「啊！你在幹嘛？」

「吵死了！」

還想抱怨幾句的達夫，被我一嚇馬上閉嘴。

我強忍住淚水，轉身背對達夫。

「你現在一定很痛苦。」創也邊說，邊將海報貼上牆壁。

他頭上綁了一條毛巾，感覺跟他不是很協調。

我停下釘膠合板的動作，看向創也。「怎麼說？」

「從你一舉一動就不難推測。」創也一臉不耐煩地說。「我們班上現在正為了明天的校慶，忙得不可開交。你雖然不是責任心很強的人，但也不是那種大家都在忙，你卻自己悠哉的爛人。那麼為什麼你丟下大家，自己跑掉呢？因為你跟女生有約。」

厲害！

「你們約在漢堡店談事情。而且從你買了大量的漢堡看來，你只是想在女孩子面前逞強。」

……創也，你是不是偷偷跟蹤我？

「買漢堡給大家，只是想提升你自己的形象而已。不過，一如往常地這套並不管用。」
「你說『一如往常』，是什麼意思？」
「抱歉，我講話太過火了。」
毫無誠意的抱歉，不愧是毒舌派的創也。
「總之，你那套並不管用是事實吧？」
「你怎麼知道？」
「如果女生吃你這套，那麼你一定是笑嘻嘻地發漢堡給大家。而且你不時地朝崛越的方向看，還一邊嘆氣，這是因為你對崛越之外的女生，抱著某種程度的期待，所產生的罪惡感。」
「……」
「以上證明完畢。有沒有要反駁的地方？請說。」
我兩手一攤，無話可說。徹底投降。
反正，我也講不贏創也，還是乖乖地為校慶做準備吧！

我們班決定要開茶店，取名為「純喫茶　二年五班」。大部分的男生強烈反對，但最後還是女生獲勝。（絕不是因為什麼「開茶店可以認識很多外校的女生」，或「穿圍裙的男生很吸引人」等等，才被說服。）

menu以紅茶為中心，所以有人提議請創也當顧問。

一開始創也以「我沒有興趣」的理由強烈拒絕，但是大家，特別是女生紛紛主張：「龍王，你不是對紅茶相當有研究？你不當不行！」

「為什麼非我不可？還有比我更適合的人，不是嗎？」創也理性的回答，也不可能戰勝非理性的主張：「可是，龍王比較好！」

「讓我稍微考慮一下好嗎？」

創也說出這句話已經是極限了，然後……

「我覺得很驚訝……」在城堡裡，創也問我，「為什麼大家會認為我對紅茶有研究？」

我打開雜誌，避開創也的視線說：「那是因為創也對很多事情都有研究，所以大家才覺得，你應該連紅茶也有研究。」

我知道在雜誌的對面，創也正犀利地瞪著我。「我認為，應該是哪個雞婆的人煽動大家說：『龍王創也對紅茶有研究，可以利用他』……」

那個雞婆的人正躲在雜誌背後擦冷汗。

創也嘆了一口氣。「當有任何活動時，我都盡可能想當個旁觀者，這一點你也清楚。」

對，夢想成為世界第一的電玩創作者的創也，總是藉由冷靜觀察人類行動，活用在創作電玩上。「當我成為活動的中心人物時，對於周遭的事物就不會去注意。所以，我希望能做個旁觀者。」——這是創也的說辭。

「為何要把我拖下水？」

「……」

我搔著頭，思考該如何回答。「創也的遊戲現在有些成形了，所以就當作轉換心情，跟大家一起瞎鬧不也很好？」

這時，創也露出困惑的表情。

糟了……刺傷到創也的自尊……

「不，我當然知道創也不需要我的幫助，但是跟大家一起瞎鬧轉換心情，搞不好會有新的靈感。」

創也的眼神銳利，然後輕蔑地說：「龍王創也也會落到這種地步，要你替我著想……」

啊～果然生氣了……

「你不說我也有在想，所以我才會加入『The Number Chair』。」

這麼說也對！我還在不可思議，創也怎麼會參加搖滾樂團？這樣一來，謎底終於揭開了。

原來如此，創也仍然是創也。我所想到的事情，他也注意到並且實踐了。

創也背對我。「不過，你為我如此著想，我很感謝。」

最後那句話說得冷淡無情。

耶？剛剛他是在謝謝我吧！

我才想確認但太晚了，創也已經回過頭來，眼神中充滿殺氣。現在的氣氛不太適合問東問西。

「算了，雖然麻煩，我就來當紅茶特助吧！」創也高傲地說。

嗯，不管理由為何，既然願意幫忙也沒什麼好抱怨的。可是……

「紅茶特助，是啥？」我問。

「對紅茶有專門知識和技能的專家。」

是、是。聽完我就懂了。說來說去，創也其實喜歡這工作。

「但是……」創也突然伸出手指指著我。「既然是幫忙，就讓我做我想做的事。」

震懾於他的魄力，我除了點頭別無他法。

而創也果真如他所說，照他自己的想法去做了……

「menu就以英式傳統茶會為基本來組合，」教室裡，創也當著大家的面說。「tea food就以scone跟sandwich為中心。但是，這是日本，我認為應該也要想想，如何與日式tea food做結合。」

臺下的女生聽得忘我，接著在創也的指導下，開始試作scone、sandwich及和菓子。

「紅茶搭配起司也很不錯。」創也說。臺下女生們的眼神更加癡迷。

另一方面，對創也所說的英文單字不甚了解的一小部分男生，默默走出教室。（可悲的是，我也是其中之一。）

「既然創也做他想做的事，那我們也來做我們想做的吧！」

不知道是誰先說的，然後……

「說什麼日式tea food，太難懂了啦！不就是日式茶點？」

「說到日式茶點，仙貝是不錯，但還是醃漬食品最好。我爺爺說的。」

「啊！我家專賣醃漬食品。」

野崎漬物店的獨子——野崎龍之介舉起手！事情的進展任誰也想不到。

校慶前三天，tea food出爐，桌上排著三明治、起司蛋糕、甜甜圈、巧克力餅乾、scone、muffin……

我試吃一口表面看來粗糙的仙貝。「好甜喔！這仙貝。」

我說完立刻被創也狠瞪。「那個是Langues de chat，不是仙貝！」

「名字那麼複雜，寫在menu上，客人也不見得懂，不是嗎？寫『薄仙貝』比較好，連小孩都看得懂。」

合理的建議！我的背後（那些聽不懂創也說的英文的男生們）響起一陣拍手聲。

「嗯！你說得也有道理。說不定寫『貓之舌』比較好。」

「為啥要寫『貓之舌』？」

「『Laugues de chat』是法文，翻成日文就是『貓之舌』。」創也說。他的發音非常標準。

語言不行的我，直接說出我的感想。「但是寫成貓舌頭，怕燙的人就不會點了，不是嗎？」

「就跟你說不是怕燙那種『貓舌頭』！是『貓之舌』！」創也十分不爽地說。

接著，他看到我們準備的茶點之後，整個人更不開心。「這些是什麼？」

「醃漬食品。順帶一提，提供者是『野崎漬物店』。」野崎龍之介得意地說。

「阿蘇的醃芥菜、紀州的醃酸梅、信州的醃油菜……」

「停！」創也一面啃著飛驒的醃甘藍菜，一面制止龍之介。

創也的眼神看來殺氣騰騰的，是我想太多嗎？

「我打從心底感謝你們的協助，我會準備綠茶和昆布茶，來搭配這些醃漬食品。」

「這才不是醃漬食品，是ted food……」龍之介反駁。

「我更正。感謝你們收集如此特別的tea food。」

這句話一說出來，我們這群英文不好的男生們（可悲的是，我也是其中之一），響起了一陣歡呼。

創也繼續說：「所以，請你們不要再插手menu的事。」

創也嚴厲地一句話，比南極吹來的寒風更加冷冽，我們只好笑笑地點頭答應。

menu大功告成！

紅茶、奶茶、香草茶、水果茶，綠茶及昆布茶則寫在角落邊。

tea food的menu有以彩色文字寫的score及三明治等，但是毛筆字寫的「紀州梅」和「信州醃油菜」也不遜色。

茶過濾器和可攜式瓦斯爐等都是從城堡拿來的（垃圾堆撿來的水壺和茶杯完全帶不出場），而大家則將沉睡在家中看似高級的茶杯和保溫瓶貢獻出來。

我們原本以為這樣一來萬事俱備，誰知我們竟疏忽掉最重要的一件事——我們只注意道具和菜單有沒有齊全，卻忘了教室布置。

等到我們察覺時，已經是昨天——也就是校慶前兩天了。

我們慌慌張張地著手教室布置。

「什麼跟什麼……」正在做「純喫茶　二年五班」看板的達夫說。「純喫茶竟然賣紀州梅跟昆布茶，不是很奇怪嗎？」

「現在不是抱怨的時候，menu都已經做好了！」美術社的平山怒吼。

「你知道我為了做menu表花了多少時間？我也有美術社的作品要做，很累耶！我放著美術社的作品不管，不知被學長姊抱怨了多少次……」

「我也是放著『The Number Chair』的練習不管！沒有道裡在這裡被你大吼大叫！」

嗯，達夫也很不爽……

當教室陷入詭譎的氣氛時……

「哇！搞得有模有樣呢！」爽朗的聲音傳來，教室門口站著一個女人。「好好喔！看到你們，就讓我想起自己國中時的情景。」

身穿深藍色套裝、留著一頭短髮的女人，正興致勃勃地說著。她胸口的名牌寫著「篠原」。

兩個禮拜前，大約有四十名實習老師來我們學校。一次增加四十位老師，而且要記住每個人的

姓名太難了，所以學校老師及實習老師都會在胸前掛上名牌。

名牌倒是幫了很大的忙。

我們學校老師很多，除了導師及社團指導老師外，我幾乎不知道其他老師的名字。而且不只是我，大家好像都如此。

剛好趁此機會，老師們都掛上名牌，我們可以多認識其他老師。

篠原老師以跑跳步進入教室裡。

「篠原老師妳也來幫幫忙嘛！」卓撒嬌地說。

「我也想幫忙……」篠原老師眼睛瞇成一條線。「但實習生很忙，明天之前要寫出教案，還要整理實習日記……」她看起來似乎很想幫忙，卻無可奈何的樣子。

大家都停下手邊的工作，圍在篠原老師旁邊。

這時，又有實習老師走進來。我知道這個老師的名字，他幫我們上過一次音樂課，是鋼琴彈得很好的村上老師。

村上老師看一眼篠原老師的名牌後問：「篠原老師，今天的教學紀錄和審查會紀錄已經完成了，要交到哪裡？」

「啊，交給各科老師就好了。」

村上老師點點頭，然後看著我們露出微笑。「好棒喔！我國中校慶也是賣茶。」

村上老師說完，隨即走出教室。

接著我們聽到走廊上傳來室內拖鞋的聲音，那是班導師古賀老師的腳步聲。散！我們趕緊回到自己的工作崗位上，假裝認真在做事。

而篠原老師的行為很有趣。她聽到古賀老師的腳步聲後，面部表情瞬間扭曲在一起。（從這點看來，這果然是實習老師才會有的動作。）

古賀老師打開教室門正要進來時……

「不好意思……」篠原老師馬上走了出去。連教案和實習日記都沒整理完，看來跟學生閒聊是不被允許的。

「怎麼樣？進行得還順利嗎？」古賀老師看了大家一眼後說。

古賀老師教數學，約三十五歲左右。他體型壯碩，是個不拘小節的老師，大家都叫他「古賀仙」。

達夫說：「放心，還有四個小時，明天早上開店一定沒問題。」

「這個……」古賀老師搔搔頭皮，「剛才開了臨時教職會議，今天的準備工作只能到晚上七點。」

全班頓時不滿地發出一聲「耶~」。

古賀老師拚命安撫大家的情緒。「不要這樣，原本就規定校慶前天的準備工作只能到七點……」

老師說得沒錯，說要延長到十點的人是創也。當老師們要學生晚上早點回家睡覺時，創也說：

「大部分的學生都有上補習班，甚至有人晚上十一點才回到家，這種情況就無法適用『早點回家睡覺』這句話吧？」

創也用一些連我也不能理解的理論來說服老師，將準備工作延長到十點。

等我們安靜下來後，古賀老師再度開口道：「昨天晚上發生運鈔車搶案，大家知道吧？」

全班約有一半的人點頭，剩下一半的人露出「發生啥事？」的表情，這充分顯示出現代國中生不關心社會情勢的現象。

我？我當然知道。（應該是說直升機吵鬧的聲音讓我不得不注意。）

「連警戒線都拉開了，以為犯人很快就會落網，誰知到現在都還沒抓到。在這種情況下，學校當然不能把學生留到很晚。」

嗯，沒錯。無法反駁。

大家把視線投向創也，創也只是聳聳肩沒多作表示。看來是束手無策。

大家的動作開始變快。「老師別妨礙我們，趕快走！」

把古賀老師推出教室後，我們火力全開地準備校慶工作。

本班的團結力果然驚人。

但是……不管我們多拚命，還是沒有用。

剩下約十分鐘時，淺井直樹說：「不行……時間不夠。」

直樹是本班的總召。他是我們班個子最小的一個，但他閒不下來的個性，讓人聯想到精力充沛的倉鼠。

「去拜託古賀仙，請他讓我們留到十點。」

話才說完，直樹已經打開教室門了……手腳真快。

「啊，直樹，沒有用，你還是放棄吧！」創也阻止他。

「說這什麼話？創也。你打算還沒完成準備就開店嗎？」直樹從走廊探頭進來說。

「我說，你去找老師也沒用。剛剛老師不是說只能到七點？這是學校全體的決定，你去拜託古賀老師，他也不可能讓你延長時間。」

「那我去找校長談判。」說完，直樹立刻展開行動。

「等一下，直樹！」田徑隊的短跑者三郎，急衝向直樹攔下他。「聽創也把話說完，他好像有辦法。」

直樹被三郎押回教室後，創也開口：「說服校長要花多少時間不知道，相對之下能工作的時間就變少，倒不如……」

話沒說完，創也就露出奸詐的笑容。而看到他的笑容，我不由得寒毛直豎……

到現在為止，不知有多少次經驗——當創也露出這樣的笑容時，他心裡一定有些爛主意。

「先讓老師以為我們乖乖回家，我們再偷溜回學校。」

果然……

「原來如此，的確只有這個方法……」
等一下！直樹，好好想想！真的只剩這個方法了嗎？
「我想，大概再兩個小時工作就會完成，需要多少人？」直樹問創也。
創也看看教室四周。「八個人……九個人。」
直樹點頭，走向黑板詢問大家。「手邊工作不要停，大家聽我說。可以留到晚上十點，家裡不會罵的人舉手！」
一手拿著羊皮紙一邊舉手的人、兩手沒有空閒舉單腳的人等等，加起來——共有六個人。
「加我七個。」創也說。
「還有我總共八個，還差一個。」直樹兩手環抱胸前。
我悄悄離開人群，往教室後面移動。
「內人，你要去哪？」創也的眼睛銳利得很。
我找理由搪塞。「今天是滿月，不趕快回家會變成狼人。」
「你編這種理由行得通嗎？」創也嘆了一口氣。
我繼續說：「我如果老實說：『晚上侵入學校是非常沒有常識且危險的事，我不想參加』的話，你會放過我嗎？」
創也又再次嘆息。「你覺得呢？」
……到最後，不管說什麼都沒用吧……

晚上七點。

催促學生趕緊回家的廣播響起，我們乖乖地走出校舍。

校門口站了幾位老師，還有兩名警察。

我們——興致勃勃的八人和被拖下水的一人，離開校舍後沒有走向校門，反而往體育館的後面走去。

喧鬧的校園，頓時變得靜悄悄。

連教室、辦公室也熄燈了，有幾位老師開車從後門離開。

不久，最後離開的老師將後門上鎖。

「走了……」

我們走出體育館來到操場，校門口的警察也離開了。

「因為學生都走光了，只要偶爾巡邏一下，不用一直待在學校。」創也發出冷靜的聲音。

這就表示說，老師跟警察都不在囉！

呼～～總之，那些礙事的大人不在，我就鬆了一口氣。

我們九個人在滿月的映照下顯得蒼白，九個長長的身影出現在操場上。

「我們趕快回去工作吧！」說完，直樹看著創也。

創也的頭微微傾斜，一副「幹嘛看著我」的表情。

「別賣關子了，創也，」直樹把手搭上創也的肩，「我們怎麼進到校舍裡？」

一被問……耶？創也一臉迷惑。

我閉上眼，深深吸一口氣。果然，創也沒有想過如何進去教室……

我是習慣了，但大家非常驚訝。

「你竟然不知道？好難得喔！」達夫說。

一點都不難得，創也總是這樣。

「不，我們也有責任，不該讓創也一個人想。」直樹雙手抱胸說。「但是，到底要如何進去……」

大家全都雙手抱胸、陷入深思，只有創也一個人語帶輕鬆。「我們學校和保全公司訂下契約，最後一位老師離開學校並上鎖後，保全公司的警報系統會自動啟動，整個學校都會在保全公司的監視下。除非用正常的方法將鎖打開，也就是說，如果任意打開門或窗戶，保全會立刻趕來。」

告訴大家一個非常有用的情報。但既然這樣，為什麼不事先想好侵入的方法？

我大大嘆了一口氣。

此時，我注意到，除了創也之外，還有個人一派輕鬆地站在那裡。

文藝社的真田女史。她的作品風格不但偏激且荒謬怪誕，擁有不少粉絲。

「我想這個方法可能可以，我早就準備好了。」短髮上夾著粉紅色髮夾的真田女史，眼鏡鏡片閃閃發光。

「什麼方法？」直樹問。
真田女史指指校舍四樓，那個位置是廁所。
「窗戶我已經事先拆下來了，我們可以從那裡爬進去。」
「……」大家都沒有出聲。
我想這個方法可能可以？她平常到底在想什麼……
「謝謝妳的方法。」直樹說。「可是，我們要怎麼從四樓窗戶進去？」
我們從校舍往四樓的窗戶看。好高喔……
「關於這點我倒是沒想過。」真田女史說。
這傢伙，跟創也是同類。
此時，創也開口說：「請放心，絕對有辦法。」
突然，有股不好的預感。我盡量把身體縮小，以免被注意到。
「我們有個比小叮噹還厲害的同學。」創也伸手指著我。
我的預感真靈。
「創也，別亂說，我可沒有任意門。」
「不用那種東西，有這個就行。」創也拍拍排水管說。
平常不會去注意，這個排水管的直徑大約二十公分寬，裝設在校舍外牆上。
「只要沿著排水管爬，到四樓窗戶就不成問題。再從校舍裡面打開鎖，就不會觸動警報系

統。」

正確！可是，有個疑問——「為什們非要我爬不可？」

「只有你才爬得上去！」

這次換我拍拍創也的肩膀。「但是，上體育課時，你也看到我不會爬竿子。」

「那時你就算不爬，你的立場也不危險，可是現在……」創也說話時，我看了看左右。

「哦，對了，今天傍晚有個傢伙放著準備工作跑出去。」直樹說。

「以為用漢堡就能封住我們的嘴？」

「你以為我們會輕易原諒？」

「太天真了！」

「甚至還敢說不爬排水管。」

「也不想想自己的立場。」

……大家的意思我懂了，我敢拒絕的話，明天開始我將被排擠……

小時候我才剛學會爬樹，奶奶就教過我。

「長許多樹枝的樹很好爬，是因為可以踩的地方相當多，那立足點很少的樹該怎麼爬呢？」

說完，奶奶就把我帶到杉樹下。

多餘樹枝被砍掉的杉樹，筆直地朝空中生長，而且要離地約十公尺以上的地方才有樹枝生長，在此之前，毫無立足點。另外，樹幹很粗壯，雙手無法環抱。

「這種樹根本不能爬。」

奶奶朝無計可施的我一笑。「那麼，工人是如何砍掉樹枝的？」

「……爬梯子吧！」我答。

「專程帶梯子入山太麻煩，所以，使用這個……」

奶奶交給我一根繩子，一根長度不算長的繩子。

我問奶奶：「這麼短的繩子，根本搆不到上面的樹枝。」

奶奶再次朝我一笑。

「創也，腰帶借我。」

聽我這麼說，創也一臉不可思議地看著我。「你打算怎麼做？」

因為說明起來太麻煩，我閉嘴不說話，又向另外三個男生借來腰帶。

我將其中兩條腰帶圍成一個圈，把我跟排水管圈在一起。

如果是杉樹，這樣做就爬得上去，但是排水管到處都跟校舍連在一起……

我再將剩下兩條腰帶也如法炮製。這樣一來就變成有兩個圓圈，把我跟排水管圈在一起。

應該沒有防滑的必要……

我握住兩個圓圈，腳爬向牆壁，身體遠離排水管支撐著。

我的身體和排水管、腰帶圈，從側面看來形成一個三角形，和蝴蝶蛹附著在葉子上的樣子，有幾分神似。

為了不讓腰帶鬆掉，我使勁地撐住，腳緩緩向上移動，然後腰帶也跟著向上移動。因為有牆壁可以踩，這比杉樹好爬多了。

當時奶奶曾說：「因為害怕而將身體往樹靠，會爬不上去。大膽一點把身體遠離樹，就能輕易往上爬。」

我照著奶奶說的話，把上半身遠離排水管往上爬。

一來到排水管跟牆壁固定的地方，我先拆掉其中一條腰帶圈，綁在固定處的上面。往上移動一些後，再把另一條腰帶圈往上綁。

奶奶知道我這麼聰明，一定會誇讚我吧？

這些動作不停重複後，我終於到達四樓。手一伸，我勾住了沒有玻璃的窗框。

然後我注意到十分重要的一點。

「喂！」我問下面的同學。「這裡是不是女廁？」

「當然，我不可能去拆男廁的窗戶。」真田女史的聲音。

她說得沒錯……

「……所以，我現在人在女廁囉？」

「這不重要吧！」

……也對，現在不是計較這些的時候。

我抓牢窗框，緊接著鬆開腰帶圈。

我走到一樓，往教職員用的玄關過去。打開月牙形的鎖，正要將大門打開時，我的手突然停下動作。

「發生什麼事了，內人？」隔著玻璃，創也問。

「我把鎖打開，但是一旦打開這扇門，是不是就會啟動警報系統通知保全公司？」

創也點頭。

我嘆了一口氣。「大門不能開，請問你們要怎麼進來？」我問。

創也只是曖昧地微笑著。

不用說我也知道。創也想說的是——我沒想這麼多。

「沒辦法，你們就跟我一樣從四樓窗戶進來吧！」

此時，抱怨聲如同海浪般捲來……

「開什麼玩笑，我們是男生耶！爬女廁窗戶進去這種事，有損男人的名譽。」達夫說完，其他男生紛紛點頭。

一旁的真田女史，更是一副不可置信的表情。「叫穿裙子的女生爬排水管……內人，你是那種人嗎？」

可是，不想點辦法不行。

我仔細觀察大門。這是鋁製的大門，門框和門的上面黏著像大塊橡皮擦的東西。

「創也，大門上黏著像橡皮擦的東西，那是什麼？」

「開關感應器。門一開，上下兩個感應器會分開，這樣保全公司就會知道門被打開了。」

我在想，如果不讓感應器分開的話，那不管門怎麼開，保全公司都不會知道。

有沒有能使用的東西……

我看看左右。旁邊有老師和訪客用的鞋櫃，鞋櫃上放著田徑隊的賽跑啟動裝置。

首先，我把黏在學生手冊上的貼紙撕下，固定住感應器不讓它們分開。接著，我將圖釘插進門框上方感應器的縫隙，一邊注意不讓感應器分開，再一邊把門框的感應器拆下。

如果創也說得沒錯的話，即使門被打開也不會驚動保全公司。

我小心翼翼地打開門。

……

沒有任何異狀……我個人認為。

大家大搖大擺地走進來，穿上訪客用的拖鞋後還拍拍我的肩膀，根本不把我的擔心當一回事。

「辛苦、辛苦！」

「不錯嘛！內人。」

「沒有你我們就進不來了。」

他們一邊說、一邊表情邪惡地看著我。

「你終究還是進了女廁。」

「叫我進女廁，打死我都不要。」

「為了大家，你竟然進女廁。內人，我想發感謝狀給你。」

……我想給這些傢伙一句話——給我成熟一點！為了這種小事騷動，你們還是小學生啊？

今後恐怕有一段時間，大家會叫我「闖進女廁的內藤內人」。

啊啊……

等大家都進來後，我將門鎖上。

到教室的第一件事就是關上窗簾，再在兩端用膠帶固定，防止走光。走廊邊的窗簾也被我們關得密不透風。

這樣一來，就算開燈也沒關係了。

時間是晚上七點四十分，沒有時間嬉鬧了，我們沉默地進行自己的工作。

「大家知道我們學校的七怪談嗎？」手拿粉筆在黑板上畫畫的健一說。

準備工作完成得差不多了，教室內的空氣也頓時輕鬆起來。

教室內的窗簾全都緊閉、燈管貼上玻璃紙、scone和餅乾甜甜的香味，及紀州醃梅的獨特氣味。

平常見慣的教室，此刻是完全不同的風景，我彷彿身在平行世界的學校。

我們在人工營造出來的空間裡，心情high了起來，而健一就是在此時開口說話的。

參加相聲研究社的健一，滔滔不絕地說著「鹿島先生」、「紫婆婆」、「五點爺爺」等等怪談。其實他很早之前就講超過七怪談了，大約等到第十六個怪談時，健一的聲音突然轉低。「剛剛說的六怪談只是開場白，現在我要說的第七怪談才是重點。」

……喂！老早就超過七怪談了……

「這是關於在校舍中散步的影子的怪談。大約在三十年前，同樣是校慶前一天，有一個單獨留在學校為校慶做準備的男學生。那個學生在班上總是被同學欺負，所以校慶前一天的準備工作都是他在做，但是只有一個人當然做不完。不趕快完成的話，明天又要被欺負了——他想。於是他衝出教室，但之後，再也沒有人見過他。即使到現在他成了影子，仍然會在學校裡走來走去。」

「……」

「從那之後，像今天這樣為校慶準備而留到很晚時，都會聽見走廊上叩叩叩的腳步聲……」

真是愚蠢的校園怪談。不過想是這麼想，但人在夜晚的學校裡，多少會感到害怕。

健一才剛說完，準備工作也差不多完成了，只剩下明天開店前的三明治製作而已。

時間是晚上十點多。

「跟我們預定的時間差不多。」直樹滿足地點頭。

「萬歲、萬歲！」達夫說。

可是，現在在學校裡，又是晚上，當然不能大聲喊「萬歲」！所以，我們大家聚集在教室中央，小小聲地說：「萬歲……」

雖不能大聲表現出我們的喜悅，但還是感到非常滿足。

「趁還沒被發現趕快回家吧！」直樹伸伸懶腰說。

此時……

鏗、鏗……

我們都清楚地聽見了，那是下樓梯的腳步聲。

鏗、鏗……

我們的身體馬上就有了行動，放低腳步聲、關掉電燈，把身體縮成一團在黑暗中屏息以待。

下樓的腳步聲緩緩接近走廊。

「莫非這就是健一說的『校舍中散步的影子』？」真田女史喃喃自語。

看來不是特別害怕，純粹只是想到什麼說什麼而已。

相反地，達夫卻在發抖。他靠近健一小聲地說：「這腳步聲是什麼？都是你，講一些有的沒的，結果都成真了！」

「為什麼是我的錯……」健一回嘴，但聲音也同樣在顫抖。

夜晚無人的校舍中，一點小聲音都會聽得特別清楚。總之，我們盡量不發出聲音，把精神集中在耳朵。

鏗、鏗！

腳步聲停下來。不是在我們隔壁班，距離還很遠。教室門打開、關上的聲音。

腳步聲又靠近一些，停下來，然後是教室開關的聲音。

不知道他的用意何在，感覺他好像一間一間在檢查教室。

腳步聲更接近，我們的心跳聲也越來越快。

腳步聲再次停下。

隔壁班……不是，是再隔壁班吧……

「是三班。」耳力極好的創也說。

教室門被打開的聲音。

但這次跟之前不一樣，並沒有馬上關門。過了一會兒，門才關上。

鏗、鏗……腳步聲逐漸遠去，接著腳步聲上了樓梯。

「沒事啦！聽不到了。」創也說。大家這才都鬆一口氣。

我打開教室的燈。

「剛才那個是……」直樹轉頭問我。「內人，我們進校舍之後，你有上鎖吧？」

我點點頭。門鎖上了，開關感應器也放回了原位。

「那個腳步聲到底是從哪裡進來……？」

「該不會跟我一樣，從四樓窗戶爬進來？」
若是如此，腳步聲的主人也跟我一樣被欺負……
「先別管那麼多，趕快出去！」達夫用顫抖的聲音說。
我也贊成達夫的意見，不過……「再等一下。大家一起行動，製造出來的聲音很可能會被聽到。至少先確認一下對方在學校亂晃的目的，我們再行動會比較好。」
創也插嘴道。
這傢伙老是跟別人唱反調。
「怎麼確認？」直樹問。
創也不懷好意地微笑。啊，這個笑容我記得曾經看過。這個笑容之後所發生的事，都不會是好事。
創也朝著直樹，拍拍我的肩膀說：「你難道忘了，我們身邊有個擁有四次元口袋的小叮噹？」
小叮噹也有覺得大雄是惡魔的時候吧……
「請放心。我不會讓你一個人面對危險，我會跟你一塊去。」
……不知道創也的字典裡，有沒有「礙手礙腳」這句成語。
「那麼，我們把危險拋在腦後，為了大家的安全來進行調查吧！」創也的鬥志十分高昂。
我一邊找找教室裡有沒有派得上用場的東西，一邊思考著。

創也表面上是說：「把危險拋在腦後，為了大家」，但他的本意其實是「想冒險」。

「只要有我跟你在，任何危險都不怕。」

「……是，你說得沒錯。」

這當然也是表面話。有創也在危險度會加倍，這才是我的真心話。

算了……無論帶多少工具，需要用時盡量發揮它的功用。

我撿起掉在地板上的膠帶，貼一些在訪客用的拖鞋背面。隨身攜帶的小東西也貼了一些膠帶上去。

「要防滑嗎？」

「不讓拖鞋發出啪嗒啪嗒的聲音。」

我將一小段電線、繩子和超級小刀等看似能用的東西，一一放進制服口袋。

「不要撿一堆垃圾，趕快走。」創也輕鬆愉快地說。

你啊！不好好記住「萬全準備」、「考慮周到」、

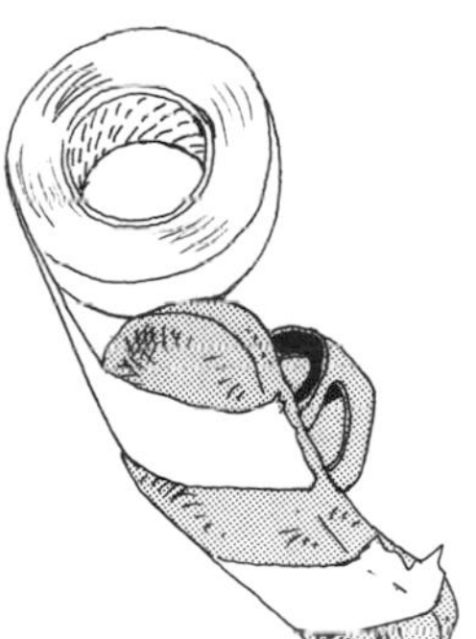

「確實計畫」這幾句話，怎麼死的都不知道。
我撿起掉落在地上的捲尺。鋼製的捲尺有個制動裝置，只要一按鈕，捲尺就會自動恢復原狀，是相當便利的設計。另外，還有個拋棄式點瓦斯爐用的打火機。
裝備不足讓我很不安，但也無法繼續收集了，因為創也將我推到走廊上去。
「為了大家的安全，我們立刻進行調查。雖然危險，但請不要擔心。」創也對大家說。
不用回頭也知道，大家的表情很驚訝。
總是冷靜沉著、不輕易流露感情的創也，此刻的神情就像要出門遠足的幼稚園小孩一樣。要花一些時間才能適應這樣的創也吧……
「我有搜尋都市傳聞的習慣，這你也知道。」走在月光映照下的走廊，創也小聲地說。「我查過學校的七怪談，依據地方不同而有不同的變化，很有趣喔！能夠遇上七怪談的其中一個，你不覺得運氣很好嗎？」
「對、對。」
……我如果生小孩的話，一定要告誡他，稱這種情況為「運氣很好」的笨蛋，絕不能跟他當朋友。
我們來到三班門口，躡手躡腳地開門。
教室裡的窗簾全拉上，月光也照不進來，室內一片黑暗。

我點亮拋棄式打火機，教室裡出現微弱的光芒。

課桌並排成餐桌的模樣。黑板前的講桌及教師辦公桌鋪上膠合板成為收銀臺。黑板上用粉筆畫著一盤義大利麵。

「腳步聲的主人應該是來這裡做些什麼的吧？」創也想都不想就往教室裡走。

我沒有那種勇氣。

放置在門邊的紙箱，裡面是大罐的番茄罐頭。拿一罐在手上，還相當有分量。

我將罐頭綁上繩子，吊在門上方的掛鉤上。繩子繞過牆上的掛鉤，用膠帶固定在地板上。然後我將超級小刀靠著捲尺，刀口對準繩子，捲尺拉長握在手裡。

「你在做什麼？」創也問。

「當我們在教室進行調查時，萬一有人從後面偷襲我們的話，那就慘了。所以先做防備。」我答。

創也聳聳肩。「你想太多了，不管誰來我都聽得到腳步聲。」

「萬一對方是個武林高手，靠近時無聲無息，怎麼辦？」

稍微思考後，創也說：「我沒想那麼多。」

……果然！

突然間……打火機的火焰輕輕晃動了一下。

教室內不可能起風，而我和創也都沒有動，但是火焰卻搖搖晃晃。換言之，另外還有個會動的物體。但現在根本沒有時間讓我們思考。

教室門邊出現了一個高大的人影，他的輪廓與黑暗合而為一，完全看不清楚。

我按下捲尺的按鈕，靠著捲尺的小刀開始移動，將繩子切斷。

瞬間，番茄罐頭朝著人影落下。

可是……

人影迅速伸出一隻手，接住頭上即將落下的番茄罐。

他那俐落得不像話的動作，讓我和創也失去言語。

不過，真正令人害怕的事還在後頭。

人影不但打開教室電燈，還說話了。「設下陷阱的是創也少爺嗎？是內人少爺嗎？我有做過什麼讓你們如此痛恨我的事嗎？」

被人影——卓也這麼一說，我們猛搖頭。

卓也將番茄罐放回紙箱中。不經意一看，罐頭上竟留下了卓也的指印。三班同學看到罐頭，不知會作何感想……

「卓也，你怎麼在這？」

「七點時，全校師生都走出校舍了，卻不見創也少爺，我想你應該是跟班上同學留下來了，於是我決定等到十點。但是過了十點還不見人影，所以我才進來接你。」

「卓也，你怎麼進來的？」創也問。

「我在校舍四周觀察，發現四樓廁所的窗戶開著，就從那裡爬進來。」卓也冷靜地回答。

我大大吐了一口氣。剛剛狂跳不止的心臟，總算恢復正常。

看來剛才的腳步聲好像是卓也。

身分不明的腳步聲令人恐懼，但知道是卓也以後，就不會害怕了。（不對……搞不好卓也更可怕……）

「經過公司時，我將休旅車換成小型巴士，等等連你的同學也一起送回家。」

趁卓也說話的時候，我將三班教室整理乾淨。

我不記得有用到義大利麵的包裝袋？管他的，統統收進口袋裡。

帶卓也到我們班時，最初大家是一臉驚嚇，但沒多久神情立即放鬆。什麼都不用說，應該是知道腳步聲的主人後，安心不少。

大家一起從職員用的玄關出去。

卓也從裡面上鎖，將開關感應器放回原位。託卓也的福，我不用冒險從四樓的排水管下來。

卓也不必使用腰帶就能沿著排水管下樓，簡直就像好萊塢的動作巨星。真田女史帶著熱切的眼神盯著卓也。

「我爬的時候，妳也這樣看我嗎？」我問。

「你剛剛說什麼？」真田女史邊說，眼神仍未離開卓也。

啊啊……

小型巴士的側面，大大地寫著「龍王集團」幾個字。

卓也一一將我們送回家。

途中遇過幾次臨檢，搶運鈔車的犯人好像還沒落網。

不管這麼多了。

校慶準備總算完成，我周遭的人也都平安無事。

今天還是早早上床吧！

SCENE03：校慶當天之一　非常時期

校慶囉！

我雖然不是很喜歡節慶，但一到校慶心情不由得高漲起來。

而且不只我這樣，大家都異常興奮，特別是男生。

到底有多興奮？留著三分頭的卓，頭髮還特地抹上髮雕，從這點看來你應該就能了解了吧？

「不知道有沒有客人，我擔心得胃都痛了。」嘴上這麼說，手還邊捧著肚子，但直樹的眼睛卻在笑。

不只「純喫茶　二年五班」，校慶所有的收入全都要交給學生會當作救災捐助款。

「我也是，有太多事要擔心，晚上都睡不好。」達夫彈著他心愛的吉他說道。看他手指的動作我就明白，他其實是拚命想要壓抑自己過於興奮的情緒。

達夫的樂團「The Number Chair」，將在下午的「藝能發表會」上表演。對這傢伙來說，比起本班的茶店，樂團的live演出似乎更重要。

那麼，讓我來介紹一下「The Number Chair」的成員，雖然這跟本文一點關係也沒有。

因為「The Number Chair」是以知名搖滾樂團「The Sumba Chair」為範本，所以有兩位吉

他手。

達夫是主唱兼吉他手，藝名是「KOMEZ」。

貝斯手是隔壁班的真治，藝名為「AQA」。

鼓手是柔道社的佐藤。他壯碩的身材，加上非常有power的鼓聲，十分震撼人心。佐藤的藝名仍然是「佐藤」。

另一位吉他手是一年級的北野。他因為留著一頭長髮且個子嬌小，時常被誤認為女生。他的藝名是「SHOW YOU」。

創也是keyboard手，藝名是「SHI—O」。

這也是題外話——「藝能發表會」這名稱，當初也引起一陣波瀾。覺得這名稱俗斃了的人，與學生會串連起來，發起更名運動。但是，學校方面不肯讓步，導致戰爭越來越白熱化。經過三個月戰爭的結果，學生會投降，「藝能發表會」成為正式名稱。（我個人其實比較喜歡這個名稱。）

接著回到本題——

我問達夫：「你那麼粗枝大葉，有啥事能讓你擔心？」

「透過live演出，會有更多女粉絲，但因為我只專情於二班的愛子，所以拒絕也是一件辛苦的事。」

「……原來如此，那的確需要擔心。」

的確需要擔心……已經波及到我了，當然要擔心。
而跟男生比起來，女生就實際多了。
「現在不是焦躁不安的時候！」
「多一點客人來消費，我們就有多一點的捐助金！」
每個女生的眼睛都往上吊。（應該是頭上的三角巾綁太緊的緣故。）
在這之中，創也的樣子顯得有些奇怪。
我們學校致力於與地方的結合，因此校慶或運動會等活動，也積極開放一般民眾參加。
上午九點過後，一般民眾即可到校參觀。在這之前，每個班級都加緊腳步做最後的準備：準備茶點、準備熱開水，以能力好的女生為中心，進行最終準備工作。包括我在內一部分能力較差的男生，則被當作奴隸使喚。
「創也，這樣可以嗎？」正在燒開水的崛越問創也。
「……」創也沒回答。他好像是在想些什麼，沒聽到的樣子。
「怎麼了？」我拍拍創也的肩膀。
創也的表情像是如夢初醒。「啊啊……剛好在想些事情。」創也說。
奇怪的人。難道校慶他不開心嗎？
創也的確不擅長跟人相處，但，昨天他不是還跟大家一塊起鬨……
我還在胡思亂想，古賀老師已經走進教室了。

「哦，已經完成了啊！昨天來看，還以為準備不完。」古賀老師看看手錶。「還有三十分鐘校慶就要開始，一般民眾也會來參觀，加油喔！」

「沒問題！」

聽到我們精神飽滿的回答，老師顯得很滿意。

「還有一件事。下午的計畫有改變，本來藝能發表會的表演，要不要看都可以，可是今天早上開會決定，全校都要到體育館去。」

有一部分人發出「耶～」不滿的聲音。

「為什麼？」

「我下午想參觀別班的說……」

「請讓我們自由行動！」

我除了觀賞樂團的live演出外，有計畫到別班去參觀，所以對於全校去體育館集合的決定，很不能理解。

古賀老師以手勢制止大家的不滿。「嗯……我也認為自由行動比較好，可是其他老師說：『發表會是學生努力的成果，全校師生一起去看，認同他們的努力，這才是正確的教育，不是嗎？』我沒有反駁的餘地。而且，那個時間除了體育館，其他地方都會上鎖。」

「為什麼要上鎖？」

「因為大家都到體育館，怕會有危險。」

說完老師對著我們合掌。「請你們體諒老師的立場。」

老師已經哀求地說了，我們若再繼續無理取鬧，就太不成熟了。

先做個人情給老師吧！

大家應該也這麼想，所以沒有人出言反對。

但在這之中……

「是哪個老師提議全校師生都去體育館看表演的？」創也開口問。

「嗯，是哪個老師啊？等我注意到時，大家已經通過提議了……」古賀老師不肯把話說清楚。

創也手抵住下巴陷入沉思。

他有那麼想要自由活動嗎？

古賀老師走出教室後，我們又重新排班。一直當班的話，就無法到別班參觀，而如果全班都隨心所欲地到別班參觀，那本班的茶店就變成開店休業的狀態，因此我們才要排班。

我本來是第一班，從早上九點到十一點，不過現在改成九點到十點。創也跟我是同一班。

「趕快準備好，否則又要被女生罵了。」當我快速穿戴圍裙及三角巾時，創也仍在發呆。

「你……該不會不知道圍裙的穿法？」我問。

「沒禮貌。」只有這時創也才有回應。（這傢伙的白尊心很高。）

他圍裙的結也沒有打開，就直接從頭上往下套。

小學時也有這種人——穿圍裙不會從背後打結，所以一開始就先打好結再穿。

「你不覺得丟臉嗎？」

「我的價值不會因為這種小事而被貶低。」創也鎮定地回答。

創也的圍裙上印有兔子的圖案，惹來不少女生尖叫，看在我眼裡實在有些不是滋味。

再加上，尖叫的女生群中還包括了崛越，我更不是滋味了。

到上午十點前，我都努力叫賣。

雖然有許多客人來消費是一件開心的事，但「大吉嶺紅茶還沒好嗎？」「我這邊點的先來！」「紀州梅和昆布茶趕快送上來！」等等客人此起彼落的叫喊，讓整個氣氛就像是一般小吃店一樣。

緩緩流洩的古典樂，女生們翹著小指，優雅地拿著茶杯——我本來以為會是這樣的，結果大大出乎我意料之外。

算了，能募集到更多的捐助金，也算是好事一樁。

「阿薩姆紅茶，讓您久等了！」達夫叫賣的語氣，宛如拉麵店店員。

忙碌中不知不覺到了十點，換第二班上場。

「創也，你要參觀哪裡？」我一面脫圍裙一面問，卻等不到回應。

創也快步離開教室。

我急忙追上，手搭在他的肩頭，強迫他轉身。「創也，你在幹嘛？一大早就怪怪的。」

這時，創也盯著我的臉看。「……嗯，說不定需要你幫忙。」

耶？創也剛剛說了什麼？

我的幫忙？沒錯，就是這句話。創也竟然會說出這句話？

即使需要幫忙，他也會忍著不說。真的迫切需要幫忙時他也不會開口，而是使用安眠藥之類的東西，強迫我幫忙。他是龍王創也吧……

我清清喉嚨故作姿態地問：「什麼事要我幫忙？」

創也不發一語，拉著我的手往前拖——像在拖行李一樣。

他真的需要我的幫忙嗎？

我被創也硬拖著，穿過人群喧鬧的走廊。

除了穿制服的學生，還有不少大人。另外，也有穿著便服的他校生。

別校的女生制服感覺很新鮮，看來卓特地整理頭髮是正確的。

途中經過很多我想參觀的展覽：理化教室有科學研究會主辦的展覽——「撞豆腐角自殺的方法」。（等一下有時間再看。）

「要去哪裡？」我問。但創也沒有回答。

我以為要去哪一間教室，但沒想到竟然是往屋頂上去。

打開沒有上鎖的門，冷颼颼的空氣吹撫過我的臉頰。好久沒有上屋頂了。

看著寬廣的藍天，我伸個大懶腰。

我才想說會被帶到哪裡去，原來是想玩3D保齡球。這麼說起來，也大概有一個禮拜沒玩了。

「你如果想玩3D保齡球的話，一開始說不就好了？」

我決定要試試看之前想的方法。為了要擊出全倒，球非要通過樓梯右邊二十四公分處不可。所以，為了讓球一定要通過那裡，我事先已經做好通道了。

我把樓梯平臺的紙箱和竹棍並排在一起，做出一條朝樓梯方向的通道。如此一來，無論從屋頂的哪個方向丟，都會像把水倒進漏斗裡一樣，讓球正確無誤地朝樓梯前進。

「怎麼樣？創也。我也可以打出全倒。」

……沒有回應。耶？創也在哪？

看看左右，創也卻在屋頂的一角。

一個鋪著藍色帆布的地方，創也就站在它前面。

「早點修好就好了，但學校也因為校慶而亂成一團。」創也並不理會我的話，自顧自地說。

「果然在這裡……」

耶？什麼？

創也看著我。「昨晚腳步聲的主人。一開始腳步聲走下樓梯，然後又上樓，就是回到這裡來。」

「昨晚的腳步聲……不是卓也嗎？」我問。

創也搖頭。「不是卓也。你想想看，我和你在三班時，卓也走進來，可有發出腳步聲？」

……沒有，卓也是無聲無息地出現。

「卓也不是笨蛋，黑暗中行動還發出那麼大的聲音。他的行動根本不會被人發現。」創也說。也就是說……「昨晚除了卓也，還有另一個人，那個人就躲在帆布底下。」

聽到創也的話，我這才覺得可怕。

「可是，到底是誰？」就在我發出疑問的同時，又有另一個聲音傳來……

「終於找到了！」

我回頭一看，原來是卓也。平常都是在校門口等待的卓也，因為今天是校慶才能進入校內。

「班表時間有變動的話，請您通知我，我這裡才好配合。」

創也沒說什麼，只是聳聳肩，然後指著帆布問：「有關躲在這裡的傢伙的底細，卓也你應該知道。趕快告訴我。」

「即使我不說，想必聰明的創也少爺一定也發現了。」

創也點頭。「我感覺到有點不尋常。我也知道原因，但是答案令我不敢相信。發生在平凡國中生的無聊生活裡，往往有出乎意料之外的答案。」

平凡的國中生？是在說誰？（如果是在說創也自己的話，那真是　大笑話。）

卓也嘆了一口氣。「很遺憾那出乎意料之外的答案，就是正解。實際上，現在我就是以C級警戒狀態來保護創也少爺。」

我全力啟動自己的想像力，結果得到一個可怕的想法。

「喂，該不會……」

我話說到一半。要把它說出口，還真需要勇氣。

可是……

「沒錯！躲在這裡的人，就是搶運鈔車的犯人。」

創也竟然這麼直率地就說了出來，神經真是有夠大條！

不願承認這個事實的我，還想反駁。「真的嗎？我雖然也這麼想……但，我實在不敢相信！像我這樣過著平凡生活的平凡國中生，竟會跟搶運鈔車的犯人扯上關係？」

這時，創也手指著我，犀利地說：「你竟然覺得自己是平凡的國中生？笑死人了，你才不是普通的國中生。」

把我說得很偉大……

「運鈔車被搶後，警方迅速拉開警戒線，派出直升機協助搜尋犯人，多數的警官在附近展開地毯式的搜查，就連媒體也紛紛報導，但卻始終抓不到犯人，為什麼？因為，犯人就躲在這塊帆布底下。」

的確，由直升機從上往下看，帆布鼓起的程度不大，根本看不出來。

「但我不懂。搶完運鈔車後馬上被警方追捕，這簡直是雜亂無章的犯罪手法，可是當警方拉開警戒線後，犯人又顯得十分高明，彷彿事前就先考慮好，萬一發生變故可以躲在學校屋頂。也就是說，犯人已掌握到屋頂上鋪有藍色帆布的情報，但既然有如此強的情報收集力，就不應該犯下被警察追捕的錯誤才對。」

「訂定計畫，和實際犯罪的，是不同的兩個人。」卓也說。「我不想繼續說下去。如果創也少爺聽到的話，警戒的範圍一定會提升到E級。」

「C級和E級有那麼大的不同？」我問。

卓也點頭。「簡單來說，C級是創也少爺周遭所發生的事件，在戒備的同時，對於輕微的犯罪行為，睜一隻眼閉一隻眼。」

「等級E呢？」

「『周遭』換成『極周遭』，『輕微的犯罪行為』換成『所有的犯罪行為』。而且E級跟其他等級比起來，創也少爺積極涉入事件的程度要大多了。」

……光聽就讓我冷汗直流的一段話。

卓也面對創也。「你知道PURANNA（此為日文發音，英文為planner）——頭腦集團嗎？」

創也點頭，而一頭霧水的我，用手肘頂頂創也。「PURANNA是啥？」我將口袋中的銀色道具給創也看，做出一副「是這個嗎？」的表情。

「很遺憾，你手上的是PURAIA（日文發音，英文為pliers，鉗子）。」

是喔，果然不一樣……

「另外，理化課本上的是PURANARIA（日文發音，英文為planaria，渦蟲），請不要為了消除緊張的氣氛，而講一些無聊的笑話。」

我被創也狠狠刺了一下，所以我接著想說的話，只能往肚裡吞。

「頭腦集團……」創也為我說明，「是一個專替人訂定各種計畫的集團，因此網羅了世界中不同領域的專家，舉凡化學、生物學、地震學、資料分析、心理學等。只要拜託他們，任何計畫他們都會替你制定，當然，也要有一定的報酬。謠傳幾年前的美國總統大選，跟他們也有關係。而且這個集團只要有報酬，即使是犯罪計畫也會擬定。根據分析，過去十年未破案的案子中，約有兩成是由頭腦集團所訂定的計畫。當然，頭腦集團本身不參與犯罪，只是訂計畫而已。再者，關於頭腦集團的資料，可說是少之又少，是否真有此集團存在？警方也不能把握。龍王集團為了方便起見，將他們稱為『頭腦集團』，其實是因為也不知道他們真正的名稱。」

創也看著我，表情像是在問：「你了解嗎？」

我大大點頭。「換句話說，就是只擬訂計畫，並不參與實際行動的人們。」

「……針對我長篇的說明，你只用一句話就統整起來，我不得不拍拍手，讚揚你的語文能力。」創也不帶感情地鼓掌。

卓也看著創也。「所以你可以了解了嗎？訂定搶運鈔車計畫的就是頭腦集團。龍王集團的情報網，可以證實這個組織確實存在。是頭腦集團將擬訂好的計畫交給顧客。」

「為什麼那個客人沒有確實照頭腦集團的計畫來進行？照著做的話，今天就不會發生讓警方拉開警戒線的錯誤了。」

卓也回答創也的疑問。「他們準備行搶之前，計畫書就被不良分子偷走了。這個不良分子，根據龍王集團的調查，是個二十五到三十歲左右的失業男子，常常在車站前出沒。」

「名字呢？」

「本名不知道，但他的朋友都叫他黑猩猩。」

黑猩猩……什麼意思？

「沉不住氣、很容易發怒、愛使用暴力這些特點跟黑猩猩一樣，所以他才有這綽號。但這樣說對黑猩猩還滿不禮貌的。」

了解！

「黑猩猩……取名者的sence令人懷疑。」創也說出他的感想。

「會嗎？起碼比起『神祕party』——簡稱『神祕黨』來得好。」

我一說完，就看到創也殺氣騰騰地瞪著我。看來這傢伙比黑猩猩更可怕……

卓也繼續說：「黑猩猩偷走頭腦集團的計畫書，卻無法好好善加利用。」

「為什麼不能善加利用？」我問。

卓也回答我：「內人少爺，即使擁有世界頂級的F1，你撞得到騎機車的歐巴桑嗎？」

我想了想……不可能！對不會開車的我而言，連幼稚園小孩騎的三輪車我也勝不了。

「這就對了。黑猩猩沒有那樣的頭腦和技術的話，多完美的計畫也只是枉然。」

了解！

「整個計畫中黑猩猩所使用的部分，只有運鈔車的路線、時間帶，以及萬一失手時所需的逃亡

路線和藏身之處。」

原來如此！這樣一來，事情的前因後果就很清楚了。

創也開口說：「昨天走下樓梯的腳步聲，就是黑猩猩。他本來躲在屋頂上，但因為肚子餓所以下樓找東西吃。」

「那黑猩猩現在人在哪？」我問。

創也答道：「恐怕在校園裡參加我們的校慶。」

「那不是很危險？他為什麼不逃出學校？」

創也聳聳肩。「簡單來說，昨天校門口有警察站崗，街道上到處都是封鎖線，空中也有直升機監視。」說完創也指著天空。

我抬頭一看，直升機在空中啪嗒啪嗒地飛過。

「龍王集團的上層暗示過，頭腦集團有可能出動來協助黑猩猩逃走。」

「為什麼？頭腦集團只是訂定計畫而已，黑猩猩會不會被抓，跟頭腦集團沒有關係吧？」我說。

創也再度聳肩。「頭腦集團是暗地裡存在，當然要阻止黑猩猩將他們的一切告訴警方。」

原來如此！但是，他們要怎樣幫助黑猩猩逃走？

「創也少爺，您有什麼看法？」卓也問創也。

創也低聲說：「魔術師右手握著一顆小石頭，後來這顆小石頭竟然消失。如果是內人的話，你會怎麼做？」創也邊說邊撿起一顆小石頭，放到我手裡。

我想了想後，開始了我的把戲。

我從口袋裡掏出兩根火柴棒和一條橡皮筋，然後將橡皮筋穿過火柴棒，分別朝不同方向扭轉，再把它夾在學生手冊裡。但以上的動作不能被創也和卓也看見。

「我比較想用信封……」我右手握石頭，左手拿學生手冊，然後對創也說：「我如果是魔術師的話，會這麼說——『有隻蠍子被夾在學生手冊裡』。」

創也接過學生手冊，並打開它。此時，火柴棒開始啪嗒啪嗒地轉動，把創也嚇了一跳。

趁創也尚未回神時，我火速把小石頭放進制服的袖子裡，讓創也看看我空無一物的右手。

「這個方法合格嗎？」我問。

創也微微笑。「當魔術師要讓某樣東西消失時，會先將觀眾的注意力轉移到別處，然後乘機讓東西消失。頭腦集團想必也會使用這個手法。」創也緩緩掀起藍色帆布。「問題是，頭腦集團會用什麼方法轉移大家的注意力……」

帆布下有吃了一半的生義大利麵，和裝在燒杯裡的開水。

「可以的話，希望是和平一點的方法……」

我和創也有相同的願望，但，這願望在下一刻被殘酷地打碎。

一個粗製的銀色箱子，體積不是很大，卻帶著異樣的威力。

箱子上電子錶的紅色數字，正一點一點地變少。

這是……

「就像課本上出現的定時炸彈。」創也直接說出他的感想。

卓也看著手錶。「爆炸時間是下午四點。」

這句話也說得一副事不關己的樣子。

只有我，深深嘆了一口氣。

搶運鈔車嫌犯加上定時炸彈……我的心情像在深夜的廚房看到蟑螂一樣。

但跟蟑螂比起來，搶劫犯和定時炸彈恐怖多了？

沒那回事！至少對我來說，每一個都很可怕。（蟑螂會不經意地飛上天空，或躲在冰箱角落，也許搶劫犯比較不可怕……）

SCENE04：校慶當天之二　非常時期X非常時期

那麼……

我深呼吸，讓心情回復平常。

在我眼前的是定時炸彈。總之，要設法解決。

定時炸彈旁邊有一張揉得縐巴巴的紙。創也撿起那張紙，攤平來看，我和卓也則站在他身後。

你好：

逃亡的日子真是辛苦了。我是你的夥伴，為了幫助你逃走，這個禮物先送給你。

它在下午四點會啟動。因為上空的直升機也看得見，所有的警察都會聚集到這裡來，這時警戒線就會鬆散。你趁此機會，趕快逃走。

還有，它附有感應器，不要輕易移動。亂動的結果，你將成為屍體一具，一樣會被警察發現。

祝你幸運！

敬上

這是由電腦打字而成的一封信。

「頭腦集團不直接跟他見面，而是在暗地裡操縱。」卓也說。

我閉上眼睛，停止呼吸。

我到山上的時候，也曾遇過必須緊貼山壁移動的狀況，全身重量只寄託在三根手指上。腳下很遠的地方有塊空地，但一旦掉下去必死無疑，生與死只有一線之隔。

這種時候，該怎麼辦？

我奶奶說過，把力量集中在肚臍以下，這樣做，「死亡」會在不知不覺中遠去。

而實際上也如同奶奶所說，我好幾次都從鬼門關前逃回來。

現在，我們面前的是定時炸彈，所以我深呼吸一口氣，把力量往肚臍下運。

好，想點方法解決眼前的定時炸彈。

我開口道：「之前我在書上讀過，炸彈用液態氮冷卻後，就不會爆炸。」

那本書寫著：液態氮以零下一百九十五度冷卻後，電流無法流通，炸彈也不會爆炸。

但是，液態氮不是那麼容易到手的東西……不對，馬上就有！

我想起科學研究會在理化教室裡辦的展覽。

「撞豆腐角自殺的方法」——普通豆腐的話死不了，可是以液態氮冷卻過的豆腐……科學研究會肯定有準備液態氮。

一想到這裡我立即動身要前往理化教室，但卻被創也給阻止了。

「冷靜一點，內人，就算理化教室有液態氮也沒用。」

叫我冷靜一點……定時炸彈就在眼前，還能保持冷靜的人，神經鐵定很大條。

「即使有液態氮，也派不上用場。」創也斷言。

「為什麼？書上明明有寫，用液態氮冷卻的話，我們就安全了。」

這時，創也以手制止我的發言。「那本書寫的東西太舊了。時代在進步，定時炸彈當然也跟著進步，液態氮在冷卻的過程中，也有可能引起爆炸。」

創也說出驚人的事實。

面對驚訝的我，創也繼續說：「你知道電熱調節器？」

什麼？那是什麼東西？我聽都沒聽過。

「電熱調節器是依據溫度變化，電阻會產生大變化的半導體。把這當成感應器使用，就能製造出液態氮冷卻過程中發生爆炸的炸彈。」

「……」

我看著炸彈側面，有九條電線。顏色有細微差別的藍色電線共四條，紅色電線四條，紫色電線一條。藍色到紅色間的色彩層次，十分美麗。

電影或連續劇常會出現這樣的畫面——剪掉紅色電線或藍色電線以阻止炸彈爆炸。但是眼前這顆炸彈，就算剪藍色電線可以防爆，我也不知該剪哪一條藍色電線。（到底是鈷藍色電線？還是海藍色那條？）

此時，我想起書上寫的一段。「書上有寫，只要將炸彈的保險絲拔掉，炸彈只是一塊火藥而已，所以……」

我伸手要將炸彈外殼拆掉時，創也立即阻止我。「你忘了剛才信中的內容？這炸彈裝有防傾感應器。」

我伸到一半的手又縮回來。

「此外，這顆炸彈可能裝有各種感應器——振動感應器、電線一切斷炸彈即爆炸的S形管電路、紅外線感應器、體溫感應器、CDS光敏電阻——有許多種感應器要考慮到。我們不知道它究竟裝了哪些感應器，所以不能將這顆炸彈解體。」創也斷言。

越危險的狀況，我越覺得冷靜。

但說冷靜又有點不一樣。怎麼說呢？就像坐雲霄飛車爬上斜坡時的感覺一樣，雖然恐怖，卻也感到興奮……

對！這種想法有點駭人，但我的確享受這種危險的狀況。

「慶幸的是，頭腦集團並沒有要引起傷亡。」創也說。

「為什麼？」我問。

創也嘆了一口氣，彷彿是說：「這麼簡單的道理，你也不懂？」

「內人，如果要在校舍放炸彈，你會放在屋頂上嗎？」

被創也一問，我回答不出來，大概是我從沒想過要在學校放炸彈吧！（不對，考試前我有想過……）

創也為我說明。「爆炸的氣流是往兩旁和上方擴散的，基本上不會向下。也就是說，即使在屋頂上放炸彈，也不會有太大的效果，再加上下午四點全校都在體育館集合，根本不會有人傷亡。」

原來如此！

我稍稍鬆了一口氣，不過眼前有炸彈的事實，一點也沒有改變，而且搶運鈔車的嫌犯還躲在學校裡。

這時，創也拿出手機。

我拉住創也撥手機的手。「你要打給誰？」

「打給警察啊！請防爆小組來處理。」

「不行！」我一把奪過創也的手機，並把電源切掉。「你現在打給警察，會發生什麼事你知道嗎？」

「很簡單。警察會過來，在校內展開地毯式的搜索，抓出黑猩猩，而防爆小組則會處理這顆炸彈。以上。」創也冷靜地回答。

「這個回答不對。你漏掉了一件很重要的事——校慶強迫終止。」

創也聳聳肩。「又沒有多重要，不必刻意回答。警察一來，校慶當然得終止，不過，改天還是會重辦。」

「改天就不行！」

我的腦中浮現出綾子的臉孔，她拜託我錄下達夫的英姿。對明天就要轉學的綾子來說，校慶絕對不能改天重辦，一定要在今天辦完。

「呼……」創也手抵著下巴，微笑著說：「你今天跟平常不一樣喔！平常都是我魯莽行事，你默默跟隨……」

「總之，校慶非繼續進行不可。因此，不可以叫警察來。了解了嗎？」

創也從我手中拿走手機，放回口袋。

我問：「你不問我理由嗎？」

「一向安全至上的你，即使面臨危險也不讓校慶終止，我相信你有你的理由。等所有事都落幕、你有空說明時再告訴我。」

……原來如此。

我認為我算是相當了解創也，沒想到，創也竟然也如此了解我。

嗯，感覺滿開心的。

但是，這種窩心的氣氛，全被卓也的一句話打碎……

「我來聯絡。」

看見卓也拿起手機撥號，我和創也試圖阻止他。

可是……

卓也看了我跟創也一眼。被他那麼一瞪，我變成蛇面前的青蛙，動都不敢動……

「我的工作是保護創也少爺，妨礙到我工作的人，一個都不能原諒。」

確定我們停止動作後，卓也對著手機那一頭說：「我是二階堂卓也，有緊急事件要聯絡。麻煩請龍王集團警備部特別機動隊的防爆小組，來創也少爺的學校，並請防爆小組將祕密武器帶來。」

「什麼祕密武器？」我問創也。

「特殊複合的防護鋼板，可說是史上最強硬度的防爆板。」

「我可以再問一個問題嗎？」

「問什麼？」

「為什麼龍王集團會有這種東西？」

「龍王集團是『從傳統產業到數位科技，龍王集團是你生活的好幫手』的綜合企業，有也不奇怪吧？」

……是這樣嗎？

「你放心，龍王集團的防爆小組，遠比警方的優越許多。」創也向我保證。

卓也繼續用電話交涉。「是，沒問題，我的上司黑川經理會負全責，請放心。還有……」說到這裡，卓也還看我們一眼。「請防爆小組盡量低調。學校今天正舉辦校慶，請注意不要驚動學校任何一個人，這是命令。」然後掛上電話。

彷彿刻意不與我眼神交會，卓也一個人自言自語。「連小孩子單純的願望都不能為他實現的話，我也不配做個大人。」

……謝謝你，卓也。

站在我旁邊，創也不滿地說：「那為什麼我拜託你的事，往往都被拒絕？」

「創也少爺的請求不是『單純的願望』，而是『不純的任性』。」卓也明確地回答。說完他像驅趕野狗一樣，對我們揮手。「我在這裡監視炸彈，創也少爺你們盡情去玩。只是，請注意你們玩樂的方式。」

卓也露齒一笑。「黑猩猩只是不良分子。對你們來說，他的存在並不可怕，真正可怕的是意圖幫助他逃跑的頭腦集團。所以，絕不能輕敵。」說完，卓也突然坐在炸彈旁邊。

「可以嗎？我們去參觀校慶……」創也問。

「你不是已經決定不讓警方出手，要靠自己來揪出黑猩猩，還有頭腦集團嗎？我如果說：『很危險，請不要這麼做。』你會聽我的話嗎？」

「……」

「大人單純的願望總是被無視。」卓也無可奈何地聳肩。

「卓也，你也要小心……」創也說。

我也朝卓也點頭示意。

然後我們大踏步走向樓梯，準備好好享受校慶的快樂時光。

SCENE05：校慶當天之三　平常和非常時期

人越來越多。

下樓梯時我問創也：「接下來要怎麼做？快告訴我。」

一面穿越人群，創也一面說：「黑猩猩混在人群中是事實，所以我們先到一般客人會去的地方看看。」

原來如此，真不愧是創也。

一般客人會去的地方——賣茶或輕食的班級、展示學生繪畫及作文的多功能講堂，還有運動社團在中庭舉辦的活動。

但是……「我們該如何從一般客人中認出黑猩猩？」

創也的腳步突然停下。「……我沒有想那麼多。」

……又來了！果然是創也。他背叛了我的期待，一副恍神樣。

「拜託，先考慮好全盤計畫再行動。」

「內人的話我會牢牢記住。」創也用一副政治人物的口吻說。不能輕易相信他。

這時，有人叫住我們。「嗨，好久不見！」

一個穿著白襯衫的男人，在人群中舉起一隻手。

一眼就看得出來這個人從事自由業，還有那輕蔑的笑容。這個人……

「神宮寺！」

他的旁邊，和神宮寺呈現黑白對比的男人，是柳川。

另一邊，把柳川推開走上前來的是，總是穿著一身紅套裝加亮皮紅色高跟鞋的鷲尾麗亞。

「嗨！我們來參觀！」

她手上還握著一根地攤文化研究會賣的棉花糖。

原來是神宮寺一行人。

不……其中有個不認識的女生。她穿著黑色洋裝，洋裝上還有銀色刺繡。這張臉似曾相識，她是誰？

長得跟芭比娃娃一樣可愛的女生。是我多心了嗎？我總覺得周遭的學生及一般客人，都目不轉睛地盯著她。

那女生拉起裙襬、膝蓋微彎。「我從朱利爾那裡聽說過你們，我是茱莉葉。」

她優雅的動作在下個瞬間立刻轉變。

「啊……講話還要裝模作樣，真令人想吐。」突然操著大阪腔怒吼的少女，連旁邊看到的人也退避三舍。

我和創也想起來了。朱利爾有雙重人格，另一個就叫作茱莉葉。所以說，眼前這位美少女，實際上是朱利爾，一個小六男孩……

我和創也互看一眼後，跟她打招呼。「初次見面，茱莉葉……」我們直接把她當成茱莉葉看待。

神宮寺翻著手中校慶介紹的小冊子。「我想去你們班逛逛，在哪裡呢？」

當我告訴他我們班是二年五班時，他顯出驚訝的樣子。「好奇怪喔……簡介上寫：二年五班賣茶……」

「沒有錯，我們班的確是賣茶。」

神宮寺和麗亞張大眼睛，驚訝不已。漫畫中若有類似的情況出現，背景肯定會畫上幾條黑線。

在他們兩人面前，茱莉葉開始啜泣，而柳川表情竟沒有變化，更不可思議。

「也對，不一定要在班上舉辦，也可以在你們加入的社團辦。帶我去吧！」從驚訝中回復的神宮寺說道。

「『舉辦』？你在期待什麼？」我問。

這時，茱莉葉手指著我和創也說：「別裝傻！趕快讓我們看你們設計的真人版角色扮演遊戲！」

原來是為了這個啊……

我和創也明白了。茱莉葉他們以為，我們會在校慶展示真人版角色扮演遊戲，所以才來學校。

「為什麼沒有設計遊戲？給我說清楚。」神宮寺將臉湊近創也問道。

但現在沒有時間說明。「請容我之後再好好跟你們說明，現在我很忙。」

普通國中的普通校慶，要實行創也所設計的真人版角色扮演遊戲，會有多辛苦？從事自由業的神宮寺，根本無法理解這一點。

我開口替創也解圍。「事實上，我們正在找人，等一切結束，我們會慢慢……」

麗亞的耳朵動了一下。「什麼嘛！原來你們正在做真人版角色冒險遊戲。快說來聽聽。」

「你們在找什麼人？」茉莉葉問。

我答：「一個叫黑猩猩的人……」

「黑猩猩？原來是要抓猴子，但我沒帶網子耶！」柳川這個電玩狂，終於首次開口。

「我們也要加入。你跟我們說黑猩猩的特徵，身高、外型等等。」神宮寺邊說，邊拿出筆記本。

我和創也對看一眼後同聲說：「不知道。」

「年齡？」

「年輕人。」

「服裝或外型特徵？」

「不明。」

神宮寺「啪」地一聲闔上筆記本。「不行喔！一開始沒有設定好主角的特徵，這樣玩家也不能玩。」

……所以我說這不是遊戲。

「算了，反正我們決定要加入。對了，抓黑猩猩的目的是？」

「目的？」

看到我疑惑的神情，麗亞雙手一攤。「真讓人驚訝。遊戲沒有目的，有什麼趣味可言？看是要救出公主，還是得到傳說中的寶藏……」

這麼一說……我們為什麼非找黑猩猩不可？

我小聲地問創也：「創也，『The Number Chair』的live演出，幾點開始？」

「學生發表會的壓軸在定時炸彈爆炸前會結束。」

也就是說，那時綾子要我錄的東西也錄完了。

「而且，龍王集團的防爆小組也會來，放心……」

「萬一定時炸彈爆炸，會帶來什麼困擾？」

「當時大家都在體育館集合，不會有人傷亡。屋頂的地板大概會損壞，但反正被颱風吹壞的地方也要修理，不用在意……」

……說得也對！

「那我們不用刻意找黑猩猩也沒關係！」我和創也互相擊掌。

我的心情就好像一大片烏雲覆蓋著的天空，突然露出一線曙光。

「神宮寺，很遺憾遊戲必須中止。不過，既然都來了，喝杯紅茶如何？我們班賣的紅茶，非常好喝喔！」創也笑著說。

「也有紀州梅，是野崎漬物店提供的。」我也爽朗地說。

此時，創也的手機響起。來電顯示是卓也打來的。

「創也少爺，我要向您報告龍王集團防爆小組來之後的事情。」電話那頭卓也冷靜地聲音傳來。「防爆小組說，目前防護鋼板正在使用中，沒辦法帶過來。」

「不用勉強。」

「我用手提式X光線透視裝置掃描的結果，這顆炸彈裝置了電熱調節器和防傾感應器、S形管電路。」

「我說不用勉強，即使爆炸也不會有多大的傷亡。」

「這個嘛……」卓也的語氣有些沉重。「看過掃描影像的專家說：『從沒見過這類型的炸彈。』」

「……怎麼一回事？」

「這是一顆未知的炸彈，無法預測傷亡的程度。雖然還不至於波及到體育館，但請要有校舍全毀的覺悟。」

「那個專家的話可以相信嗎？」

「他專門研究炸彈達二十五年之久。你聽他說話，就會知道他對炸彈有異於常人的了解。這種人比較缺乏一般常識……」後半部卓也小聲地說：「事情很棘手。因為裝有電熱調節器，所以不能使用液態氮。」

「怎麼做才能阻止？」創也問。

「只能挑戰S形管電路。九條電線中，剪掉正確的那一條就能阻止爆炸。」

九條電線……

我想起那四條藍色電線和四條紅色電線，以及一條紫色電線。正確率是九分之一。

「切掉哪條電線好？」

「只有製造炸彈的人才知道。」

也就是說，一定要問頭腦集團。

卓也掛斷電話後，我和創也的臉上出現許多條斜線。

「事情會如何發展呢？」

現在只有神宮寺爽朗的笑容安撫人心。

SCENE06：校慶當天之四　平常

「原來如此。遊戲的架構，我徹底了解了。」神宮寺說完後將茶杯放回茶盤。直到最後，他依然把整件事當作遊戲看待。

神宮寺問：「破關的條件，是解除定時炸彈的危機，因此要找出頭腦集團，問出切掉哪條電線才正確。但是，關於頭腦集團……」

「完全沒有資料。」創也答。

這裡是我們班。為了讓神宮寺他們了解事情的來龍去脈，所以帶他們到班上來。

「All right，所以我們要抓到黑猩猩，藉由他引出頭腦集團。但是，關於黑猩猩也……」

「幾乎沒有資料。」

對於創也的回答，神宮寺笑著說：「難度相當高喔！」

我們坐的大桌子旁，不知何時聚集了許多觀眾。

一般客人或別班同學，對優雅地拿著茶杯的創也和神宮寺，投以熱切的眼神。但麗亞和茱莉葉也各有支持者。

在茱莉葉旁邊鬼鬼祟祟的直樹和三郎，小聲地湊近我問：「喂，告訴我那個女生的電話。」

……直樹和三郎，這樣好嗎？茱莉葉其實是男生。

相對於這些騷動，柳川的周遭沒有任何動靜，一個人默默品嘗紀州梅和昆布茶。（還有，我身邊也是靜悄悄的。）

「嗯……」神宮寺雙手抱胸。每當他換個姿勢時，圍觀的女生就會發出一陣尖叫。

「willow，你的想法？」神宮寺問柳川。

「並不是完全沒有對策……」柳川慎重地回答。「對方是搶運鈔車的嫌犯。曾經犯罪的人，有其特殊的味道，所以即使混在人群中，也無法在校慶中盡情玩樂。」

「我沒有你那種好嗅覺……」神宮寺喃喃自語。

這時，茱莉葉很有活力地舉起手。「這還不簡單！發現可疑的傢伙，馬上大叫『黑猩猩！黑猩猩！』不就好了？」

「然後呢？」麗亞問。

茱莉葉挺起胸膛回答道：「生氣的話就是別人，驚訝並作勢要逃的話，就是真正的黑猩猩。」

……真是這樣嗎？

麗亞繼續問：「如果那個人長得像猴子，剛好綽號又叫『黑猩猩』的話，怎麼辦？」

「我不知道。」茱莉葉立即回答道。

過分單純的思考——我實在無法把她跟平常負責編製程式的朱利爾聯想在一起。

「那，我們就以我們的方式來試試看。」神宮寺起身。「先找到黑猩猩的那一方即獲勝，可以嗎？」

創也點頭。

人生不是遊戲，常常有人這樣說。但是，看到像神宮寺一群人那樣，把所有事都與遊戲做連結，有著像遊戲一般的快樂人生也不賴。

當我們正要步出教室時，卻被達夫叫住。「喂，創也。這樣下去，上臺前我們沒有辦法排練，沒問題嗎？」

「請放心。樂譜完全烙印在我腦海裡，要我現在彈也沒問題。」

「聽你這麼說，我安心不少。」邊和創也講話，達夫邊應付客人。

我問：「達夫，你沒問題吧？」

綾子可是很期待你站上舞臺的英姿，別讓她看到你出糗的模樣。

「你在跟誰說話啊？我可是『The Number Chair』的leader！我不知彈過幾萬次了。」

聽到這句話，我才放下心中的大石。

「冷靜點想一想。」

我們和栗井榮太分開走到操場，依著創也的話來到樓梯口旁邊，然後在花圃邊的磚塊上坐下來。

操場上有棒球社舉辦的「人類打擊中心——十球三十元」和足球社舉辦的「踢球大會」活動，

顯得非常熱鬧。

桌球社比較可憐，被民俗文化社趕出體育館，改在操場擺桌球桌，以三十分鐘一百元出租，卻沒有半個人要租。（有誰想在寬廣的操場打桌球，而且不時還有風吹來……）

「我們對黑猩猩的了解太少，對不對？」創也開口。

他雖然用疑問句，但我知道他不是問我。

創也在自問自答，所以我還是少開口為妙。

「黑猩猩跟一般客人到底哪裡不同？黑猩猩搶劫運鈔車，而且一直到校慶開始，他都躲在屋頂上。」

創也一一確認目前所知道的線索。看來他相當認真，沉浸在自我的世界。

此時……

「學長，來一杯果汁好嗎？」

一個一年級生，打扮成車站賣便當的模樣，站在我面前。她手提的箱子裡，有幾杯塑膠杯裝的果汁。

如果班上生意不好或是囤太多貨的話，就要像這樣出來叫賣。

「好。多少錢？」

創也還在自我的世界，所以由我來買。

「一杯三十元。」

我拿六十元給她，但她卻一直盯著創也看。

「要不要來杯果汁？」

她又到別的地方叫賣了。

我給創也一杯果汁。

「……啊啊，謝謝。」創也心不在焉地接過果汁，看來我現在跟他要錢也沒用。

下一個來叫賣的，是三年級的齋藤。他的外表看起來像是柔道社的主將，體型相當魁梧，但其實他也是酪農研究會的會長。

「內藤、龍王，拜託！買個水煮蛋！」他將放在盒子裡的水煮蛋，硬是推向我們。

酪農研究會在學校裡養了雞和乳牛，但通常新鮮的牛奶和雞蛋都是透過合作社來販賣的，可見今天銷量很差。

「多少錢？」

「感恩！一個二十元！」

付了錢後，齋藤又到別的地方繼續叫賣。

我又拿一顆蛋給創也，但他仍然沒回神。

……二十元我先借給你。

校門旁有一座鐘塔，即將要下午兩點了。再過不久，體育館集合的時間就要到了。

我剝開蛋殼，將剝下的蛋殼收進口袋。

「下午四點一到，定時炸彈就會爆炸，而趁大家驚慌時，黑猩猩就能若無其事地突破警戒線。依照頭腦集團的計畫，黑猩猩逃跑了，我們就拿他一點辦法都沒有了……」

我大口大口咬著水煮蛋，邊聽創也抱怨。然後，我說：「有了！一般客人跟黑猩猩的不同之處就是——炸彈爆炸時還能保持鎮定的人，就是黑猩猩。」

創也嘆氣，反駁我的發言。「我看你注定會活得很長壽，爆炸時竟然還能東張西望……」

創也話說到一半，嘴張得老大。

幹嘛啊……想吃我的蛋嗎？

我乾脆把吃到一半的蛋，塞進創也口中。

創也費力地把蛋吞下後說：「對，你說得對！唯一能分辨出黑猩猩的方法——炸彈爆炸時還能保持鎮定的人，就是黑猩猩。不簡單喔！內人。讚啦！」

你不用特地說，我也知道我很行。但是，等到爆炸時才知道，不會太晚嗎？

「沒問題。放心！」說完後創也站起來。

這時的創也，跟剛剛滿嘴抱怨的創也相比，根本像變了個人。

不久，校內開始廣播。

「不久後，藝能發表會將在體育館舉行，請各位同學及來賓到體育館集合。因為校舍將會上鎖，請不要在校舍內逗留。重複一次，不久後，藝能發表會……」

創也拿出手機。「卓也，你剛剛聽到了沒？」

嗯，當老師上鎖時，我會躲起來不被發現。
創也點頭。「不過，一旦炸彈要爆炸時，你要趕快逃走。」
我知道。下禮拜有保母面試，我現在不能死。
創也掛上電話站起來。「走吧！我們一定會取得勝利的！」
真是討人厭的說話方式。不過，創也，說得好！
「創也，你剛剛跟我借五十塊，記不記得？」我說。
創也裝傻。「什麼？」
……我就當作捐錢做善事吧！

體育館地板上鋪上了綠色帆布。
我拿了入口處發的塑膠袋，將鞋子放進袋子中，才進入體育館。
大家各自找地方坐下來，大批的群眾將體育館擠得水洩不通。
黑猩猩也在這裡……恐怕連頭腦集團也……
「創也，你到底在想什麼？可不可以告訴我？」
不管我怎麼問，創也就是不說，只是沉默地往廣播室走去。
廣播室就在舞臺邊，待在裡面的是廣播社社長——三年級的木村。他正背對我們坐在椅子上，
從小窗戶觀看體育館內的狀況。

「木村學長，你有空嗎？」創也問。

木村回頭，手裡還拿著礦泉水瓶。「哦，是龍王和內人。有空啊！反正還沒開始，我正覺得無聊。」

木村瞇了瞇眼，讓我們進去廣播室。

裡面有各式各樣的機器，甚至連移動式黑板都有，整個廣播室顯得很擁擠。

「調整體育館時鐘的機器是哪個？」創也問。

木村回答道：「那裡。」

牆邊——他指著電源開關上的一個盒子，盒子裡面的開關有on跟off之分，還有一個小型指針式的時鐘。

體育館是電子時鐘，掛在舞臺旁較高的位置上。停電時鐘當然也會跟著停，因此要修理它的話還要爬上階梯，太麻煩了。所以直接從廣播室內修理，一切就省事多了。

「木村學長，調整器的使用方法你知道嗎？」

「簡單。開關調到on，時針會快速前進；調到off，正常速度往前走。就這麼簡單。」

原來如此！照木村學長的說法，果然簡單。

「我來說明我的計畫。」創也看著我。

「我要你利用這臺調整器，慢慢調快體育館的時鐘。最理想的狀況是，真正的時間是下午三點半，而體育館的時鐘是下午四點。」

「我沒戴錶。」

我一這麼說，木村學長便指著電腦桌上一只手錶說：「看這只錶。這是裝電池的電波錶，很準。」

創也繼續說：「然後，當體育館的時鐘指向四點時，你就播放爆炸聲和建築物倒塌的聲音。這麼做當然會使體育館的觀眾驚嚇，但那個始終保持冷靜的人——早就知道炸彈會爆炸的人，他就是黑猩猩。」

嗯，到這裡我都理解。

「我們如果抓到黑猩猩，會如何？意圖協助他跑路的頭腦集團一定會出現，我們可以利用這個機會，問出正確破解炸彈的電線。現在還沒到四點，阻止炸彈爆炸還來得及——夠完美的計畫吧？」創也燦爛地笑著。

我把創也所說的話，在腦中模擬一次。嗯……似乎行得通。

創也果真厲害！

「每次緊急狀況發生時，都是靠內人的幫忙才安然度過。偶爾，也該讓大雄表現表現。」創也得意地說。

我問：「那爆炸聲和建築物倒塌的聲音，要如何產生？」

「耶？」創也停頓了一下，然後低沉地說：「我沒想那麼多。」

創也，真有你的！今天已經發生第二次了，再一次就連中三元……

創也拍拍我的肩膀，爽朗地說：「舞臺我先幫你準備好，接下來就是小叮噹登場囉！」

小叮噹會不會有想掐死大雄的時候？

我問木村學長：「這裡有沒有音效卡帶？收錄爆炸聲的卡帶。」

木村學長聳聳肩。「怎麼可能有？這裡又不是廣播劇的錄音室。」

……也對！

我嘆了一口氣。怎麼辦……

小時候奶奶對我說過：認真地想過也努力過，還是不行的話，只好放棄。努力過就不會後悔，仍然笑得出來。

現在的我笑得出來嗎？

……笑不出來。

我不甘心。結果，對於頭腦集團，創也的腦袋派不上用場，我也束手無策。

恨啊！笑不出來！

……等等！

笑不出來是因為沒有努力去做，而我都還沒有努力過，怎麼知道不行？

嗯，好好思考一下。

一定辦得到！一定有方法。

當我對自己信心喊話時，突然想起一件事。

和我奶奶一起到山上時。

「現在有十多隻野狼虎視眈眈地要攻擊你，怎麼辦？」奶奶問。

我緊張地看看四周，然後冷靜下來撿起一根木棒。

此時，奶奶嚴厲地看著我。「內人，使用木棒前先用用你的腦袋。」說完，奶奶奪走我手上的木棒。「從前，有兩個忍者，當他們被十幾隻野狼攻擊時，其中一位用手裡劍將牠們全數擊垮。而另一位，模仿狗叫把牠們嚇跑。這兩位都保全了自己的生命。但，誰能在這山中生存下來？你想想看就會知道。」

接著，奶奶慈愛地摸摸我的頭，笑了一笑。

可以的話盡量不要奪取性命，輕率地奪走生命的人，無法在山中生存——奶奶是這樣教我的。

奶奶，謝謝您。

好像有方法解決了，我立刻將剛才靈光一現的想法，在腦中模擬。

……嗯，沒問題。

「放棄是愚者的結論，現在說遊戲結束還太早。」我的手搭上創也的肩膀。

創也一臉呆樣地看著我。

我模仿創也的語氣說話。「勝利的女神對我們展開笑容。相信我，包在我身上。」

「……我可以問一個問題嗎？」創也伸出食指。

我認為，他一定是要問我有什麼完美的計畫，但結果錯了。

「你剛才說話的口氣，是模仿我嗎？」

你在意的是這個問題喔？

我僵硬地笑一笑，代替回答。

這時，木村學長看看電波錶，打開麥克風。「還有五分鐘，藝能發表會即將開始，請發表會的演出者準備出場。」

我推著創也的背。「這裡交給我，你趕快過去，我很期待你們的live演出。」

「……我的語氣沒有那麼討人厭吧？」

創也還在碎碎唸，但我已將他趕出廣播室。

藝能發表會開始後，木村學長依照流程表開始播報節目

休息時間時，我正忙著操作時鐘的調整器，此時木村問道：「你們究竟打什麼鬼主意？」

嗯……這說明起來要花不少時間，該從哪裡開始說好呢？而且，說實在我也沒有多餘的時間，再從頭解釋起。

「木村學長，給你帶來困擾真抱歉，可是你一旦知道我們要幹什麼的話，你也脫不了關係了。」

說。

「好像不要問比較好。如果老師問起，就說什麼都不知道就好了。」學長從小窗戶看著體育館

廣播室裡有兩個窗戶，一個朝整個體育館樓層，另一個則朝向舞臺。

現在，社交舞研究社正在舞臺上發表新舞蹈。

我看著電波錶，一點一點調快體育館的時鐘。現在，已經差了十二分。

木村學長按照流程表，確認背景音樂。

我將口袋中好像能用的東西掏出來：昨晚撿到的生義大利麵、裝果汁的塑膠杯、蛋殼、吸管。

接著我打開擴大器和錄音機下面的壁櫥。壁櫥裡塞滿糾結的電線和舊式手提收錄音機、堆得跟山一樣的卡帶、裝在塑膠袋裡的乾電池。

「學長，裡面的東西可以用嗎？」

「隨便你。」

體育館內傳來一陣掌聲，木村學長打開麥克風。「緊接著我們歡迎山遊亭的相聲新作。」

山遊亭是我們班的健一。耶？已經到健一表演了？那距離The Number Chair的表演，已經沒多少時間了！

從口袋裡拿出ＤＶ攝影機，我差點忘記綾子拜託我的事情。

拿出壁櫥裡老舊的三腳架，我把ＤＶ攝影機架在面朝舞臺的窗戶邊。電池有電、角度也ＯＫ。如果是在觀眾席拍的話，可能會被別人擋到，但是從廣播室拍的話，這角度可以拍到更清楚的影像。

那，我繼續準備……

「學長，有沒有可以調整播放速度的錄音機？」

「我已經說過這裡不是廣播劇的錄音室了。」

也對，沒辦法。

我只好從舊電池裡選擇電力較弱的電池來使用。只要電力一弱，播放的速度自然變慢，現在只好這麼做了。

看到我忙來忙去，學長說：「內藤你要幹什麼，我大概了解了。」學長笑了笑，又說：「我就以廣播社社長的身分激勵你一下。我一年級時，有一次在製作中午播放的廣播劇時，前前社長跟我說了一句話：『真的聲音聽起來反而很假』——這樣有沒有幫助到你？」

學長，非常感激你。你的確激勵到我了。

山遊亭的相聲表演結束。學長按下錄音機，播放音樂。

山遊亭將坐墊拿起後，接著登場的是The Number Chair。團員們整齊地穿著制服，開始架設樂器。

我也按下攝影機的開關。鏡頭的中央，完全對著達夫。

定弦的聲音、觀眾的嘈雜聲，只見創也坐在keyboard的前面閉上雙眼，一副老神在在的模樣。

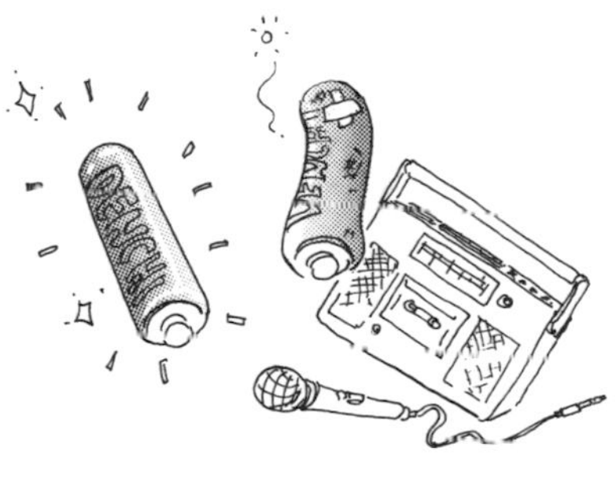

當掌聲結束後，學長打開麥克風。「接下來讓我們歡迎藝能發表會的壓軸，也是本校唯一的搖滾樂團——The Number Chair的演出！」

同時，臺下響起「哇！」的歡呼聲。原來他們這麼受歡迎喔！我都不知道……

達夫站上舞臺中央，將拿琴撥的右手高高舉起。觀眾頓時安靜下來。

「The Number Chair，Go！」吉他聲和歡呼聲同時響起。

如海浪般的歡呼聲，清楚地傳進廣播室裡。但是，我不能放鬆心情去觀賞The Number Chair的live表演。

體育館的時鐘已經調快二十五分了，會有觀眾注意到時鐘不準嗎？

即使注意到也無可奈何吧……

我看一看地板上陳列的材料，心情像電視節目——「三分鐘快速上好菜」。

「內人老師，今天要教我們上什麼好菜？」我腦袋裡的幻想助理，直子小姐問。

當然，節目開始前的會議上，就知道料理的名稱了，不過直子小姐還是盡責地再問一次。

我認真地回答：「我今天要挑戰不一樣的東西——爆炸聲和建築物倒塌聲。」

「真令人期待。」直子小姐的聲音顯得很興奮，雙手在胸前合掌的模樣，非常可愛。

但我依舊不動聲色，繼續說：「材料有錄音機、麥克風、卡帶，最重要的是請準備兩種不同的電池。」

我讓直子小姐看事先準備好的電池。「一個是普通電池，另一個是電力較弱的電池，可使播放速度慢於平常。」

「看來相當困難。」

「如果有能調節播放速度的錄音機，那就太完美了。」

我繼續材料的說明。「接著準備一個塑膠杯、生義大利麵——請注意，一定要沒煮過的，再來是水煮蛋的蛋殼。」

「沒有水煮蛋，生蛋的蛋殼不行嗎？」直子小姐問。

問得好！

我回答：「沒關係。不過使用生蛋蛋殼，要事先清洗乾淨。我們現在就實際來製作聲音。」

我把普通電池裝進錄音機裡，接上麥克風。「我會對著麥克風吹氣，並請把聲音錄下來。」

當我對著麥克風吹好氣時……

「我已經將聲音錄下來了。」直子小姐手拿著卡帶微

笑說。真是體貼的好助理。

我深呼吸一口氣，調整好自己的心情。「趁著空檔，我們還要準備一樣東西。將蛋殼放進塑膠杯，然後將整把義大利麵對折，放入塑膠杯裡。」

「內人老師，義大利麵的分量多少？」

「半袋就差不多了。」

——其實是我手邊只有這麼多。

「準備好的東西，用麥克風壓碎。」

我把麥克風放進塑膠杯中，義大利麵和蛋殼喀沙喀沙地傳出碎裂聲。

我還在這麼努力地操作中……

「我已經將聲音錄進卡帶中……」直子小姐微笑著，將剛才的卡帶拿給我看。

「……」

輪不到我出場……不，不行認輸！

「卡帶準備好的話，請將電力較弱的電池換上。」

「已經換好了。」直子小姐再次對我微笑。

「……」

腦內假想的「三分鐘快速上好菜」尚未結束，我已聽到一陣歡呼。

看來The Number Chair的表演好像結束了。
我這裡也準備完全了。
創也下了舞臺，轉身來到廣播室。
「接下來是老師們的演出，首先是由校長表演『一個人的派對』。」
手拿吉他、戴著鬱金香造型的帽子和蜻蜓眼鏡的校長站上舞臺。
「準備得如何？」創也問。
我自信滿滿地一笑。「放心，全部完成了。」
「……找個時間我們好好談談——這種說話的語氣。」
創也的眼神很嚴厲。
用調整器調過的時鐘，現在是三點五十九分，而電波錶是三點二十九分。太棒了！
不久，體育館的時鐘指向四點。我打開麥克風，播放剛剛錄好的卡帶，將音量調到最大。
蹦！體育館的喇叭中傳出陣陣爆炸聲，然後是建築物崩塌的聲音。
過大的音量，撼動的不只是空氣，連整個體育館都在震動。
大家的驚叫聲在體育館裡迴盪。
因為逃不出去，大家只好手抱頭蹲在地板上。
我和創也從小窗戶看向體育館。在哪裡……黑猩猩在哪裡……
大家蹲在地上，只有三個年輕男子若無其事地站著。（此外，栗井榮太一行人也一副無事樣站著。）

那三個人當中，有一個是黑猩猩。

當建築物的崩塌聲停止後，我關掉錄音機。

喇叭頓時無聲，大家紛紛站了起來。

「趁現在快逃！」

不知道是誰大喊，於是所有人全都往出口湧去。

糟糕，這樣下去一定會發生意外。

我拿出口袋的面紙搓圓之後，塞進耳朵。

麥克風依然開著。

「幹什麼？」創也小聲地問。

我沒有時間回答。不快一點，會有人受傷！

我將指甲在移動式黑板上用力一刮。刮黑板的聲音透過喇叭，力道不知增加了多少倍。

雖然我的耳朵塞住聽不到，但是光想像，全身就忍不住顫抖。（不知道指甲抓黑板的聲音的人，請實際操作看看。毛玻璃也有相同的效果。不過我可不負責任喔！）

比剛才更大的哀號聲，響徹體育館內，就連我身旁的創也和木村學長，也摀著耳朵呻吟。

我只靠想像就能體會，要是實際上聽到，絕對更受不了。

從驚嚇中回復的創也，惡狠狠地瞪著我。他總是打扮整齊的外表，如今顯得狼狽，而眼神中更是帶著殺氣。

「我從沒有像現在這樣，有瘋狂想掐死你的衝動。」

這聽起來不像是玩笑話，感覺挺可怕的。

「為什麼不先叫我把耳朵塞起來？」

「我哪有時間說？我沒有惡意。」

對於我的辯解，創也全然不接受。

我繼續說：「先確定誰是黑猩猩比較重要。」

這時，創也的眼神依然充滿怒意，

「……也是。」他說。（但要得到他的原諒，恐怕要花上一段時間。）

跟木村學長道過謝後，我們走出廣播室。

「下次你們想要做什麼時，千萬別把我拖下水啊……」木村學長一臉痛苦，大概是耳朵的狀況還沒恢復吧！

體育館內的人們難受地撫著頭或胸口。

「發生什麼事……」

「啊……好不舒服。」

「是誰幹的好事！」

因為抓黑板的聲音，讓大家忘了剛才的爆炸聲。
如果這些人知道剛剛的聲音是我弄的話，一定恨不得把我處死。
突然，栗井榮太一行人攔住我們的去路。
「那聲音是你們弄的吧？」神宮寺眼神充滿殺意地說。
後面跟上來的麗亞和柳川一臉茫然。
特別是柳川，表情十分痛苦，按著胸口像是在強忍住胃液翻湧。
茱莉葉則是一臉不可思議地問麗亞：「大家怎麼一臉想吐的樣子？」
看這狀況，若大家知道犯人是我的話，不曉得我會遭到什麼樣的報復？
「你有什麼證據？」我決定裝傻。
神宮寺壓抑滿腔的怒火說：「算了，先找到黑猩猩再說。」
神宮寺指了指剛才那三個男人。
我和創也點點頭。但是，到底是哪一個……
此時，茱莉葉微微一笑，然後雙手圈住嘴巴大喊：「黑猩猩，看這邊！」
那三個之中的其中一人，對這聲音有反應。
那是一個用毛線帽蓋住眼睛，若無其事靠在牆上的年輕男子。他穿著樣式醒目的套頭毛衣、寬鬆的牛仔褲。視力極好的我，還看見他嘴角隱約帶著的微笑。
這傢伙就是搶運鈔車的嫌犯——黑猩猩。

「最後能發現黑猩猩都是我的功勞，所以這場遊戲由栗井榮太獲勝。」

茱莉葉說得很得意，但是現在不是計較勝負的時候。最重要的是藉由抓到黑猩猩來引出頭腦集團，問出解除炸彈的正確電線。

黑猩猩突然聽見有人叫自己的綽號，以為身分被拆穿，於是從褲袋中掏出一把防身小刀，挾持站在他附近的篠原老師。

「不要動！」黑猩猩把刀架在篠原老師的脖子上大叫。

體育館的人們還不清楚到底發生什麼事，一聽到黑猩猩叫喊，使紛紛遠離他。

「讓出一條路來！」

挾持著篠原老師，黑猩猩往體育館的玄關走去。

「創也，卓也呢？」

「屋頂上，正等著我聯絡他。」

對喔！也就是說，即使現在請他過來，一樣來不及。

「放心，那種小混混，willow一隻手就能撂倒他。喂……」

神宮寺拍拍柳川的肩，但柳川的身體搖搖晃晃，一副快倒地的樣子。

剛剛刮黑板的聲音，似乎帶給他太大的衝擊。

「willow有音樂家一般的好耳力，對刺耳的聲音比普通人更敏感。不知道哪來的混蛋，弄出那種聲音！」神宮寺看著我們諷刺地說。

哪來的混蛋像個沒事人一樣？我望著天花板避開神宮寺的眼神。
這樣一來麻煩可大了。在我的交友圈中，能夠和持刀搶犯對決的人，只有卓也和柳川。
我們現在毫無辦法可想。
有幾位男老師慢慢靠近黑猩猩，想將他撲倒。
「不要動！」黑猩猩朝男老師們揮舞著刀子。
篠原老師沒放過這機會。她被挾持的身體往下一滑，一個回轉踢中黑猩猩持刀的手腕。
刀子飛向空中，牢牢插進體育館牆壁上。
刀子突然從手上消失，黑猩猩呆立在原地。篠原老師站在他面前。
一瞬間，我好像看到篠原老師在微笑。
篠原老師的右手朝黑猩猩的頭伸去，那動作簡直像蛇奔向獵物一般。
黑猩猩的身體無力地倒下。
「……啊，好可怕！」篠原老師俏皮地說。
可是，體育館的群眾恐怕在心裡嘀咕：「可怕的是篠原老師吧！」

警察進入體育館，帶走黑猩猩。
老師手握麥克風冷靜地廣播，不過騷動仍未平息。
找到黑猩猩，卻無法引出幕後的頭腦集團。

「頭腦集團在哪？」我問創也，但他在想事情。

我不理他繼續說：「不快點的話，炸彈就要爆炸了！」

即使這樣也沒回答，創也仍抓著下巴思考著。

繼續跟他說下去也沒用。我看看體育館四周，企圖自己找出頭腦集團。

「沒有用，內人。」創也說。

「我終於懂了。跟我來。」說完，創也一把拉住我的手。

「創也，你找到答案了？」我問。

創也笑說：「It's a showtime!」

走出體育館外。從體育館出來的人們，三三兩兩走在操場上。

我們沿著校舍找到篠原老師，她四周沒有任何人。

「篠原老師，妳要去哪？」創也叫住老師。

「配合警方的調查。即使是人質，警方照例要問話。」篠原老師打開樓梯口的鎖。

「妳打算不回來了嗎？」創也說。

那一瞬間老師的手停下動作。「為什麼這樣問？教育實習還剩一個禮拜，不好好實習到最後，拿不到學分。」

「妳才不是實習老師。」說完，創也伸出食指。「妳是頭腦集團。」

「創也，等等。」我插嘴道。「你說篠原老師是頭腦集團，有什麼證據？」
「現在我就證明給你看。」創也看著我。
「昨天發生一件事，讓我開始懷疑。篠原老師來我們班的時候，還有另一個實習老師也來。」
嗯，是村上老師。
「他並不知道篠原老師的姓名，而是看了名牌才知道。你不覺得很怪嗎？一起來實習的學生，為什麼不知道對方的姓名？」
「就算都是實習生，一次來四十個，當然會有不知道姓名的時候。」
「即使不知道姓名，要來之前應該也碰過面，誰是不是實習生一下就知道。但是，村上老師對一樣都是實習生的篠原老師說話必恭必敬，彷彿在跟真正的老師說話一樣。」
篠原老師不發一語，靜靜地聽創也說。
我沒有要袒護篠原老師，可是我也不能接受創也的理論。
「照你說篠原老師不是實習生，而是頭腦集團的話，整件事就講不通。教育實習是兩個禮拜前開始的，但運鈔車被搶是前天晚上發生的事。頭腦集團出現在學校，應該是運鈔車被搶之後。時間對不起來。」
「篠原老師昨天才來學校，兩個禮拜前她不在。」
「難道沒有人發現嗎？」

創也點頭。「篠原老師做的事情恰好跟蝙蝠相反。蝙蝠在動物面前說：『我是動物。』在鳥面前又說：『我是鳥的同伴。』而篠原老師在老師及學生面前，假裝自己是實習生，在實習生面前又假裝自己是老師，所以沒有人會懷疑昨天才到校的篠原老師。老師或學生看到陌生的臉孔，還以為是實習生，而四十個實習生裡沒有一個人會記得所有人的臉孔和姓名，更何況實習生只記得自己班上的老師。」

「我可以理解篠原老師不是實習生這件事。」我說。「可是，你還是沒有證據證明她是頭腦集團。」

「剛才黑猩猩以篠原老師做人質，那不是偶然，而是刻意安排，好讓老師悄悄靠近黑猩猩。為了不要讓真正的警察抓到黑猩猩，她自己撂倒黑猩猩，而之後立刻趕到現場的警察，也是頭腦集團事先安排好的假警察。黑猩猩如果被真警察帶走，那麼關於頭腦集團的一切，會被揭發出來。」

嗯，創也說得有理，可是……

「但是，這樣也不足以證明篠原老師就是頭腦集團。」

「對啊、對啊！」篠原老師說，「我才不是名字那麼沒格調的組織的一員。」她說完還微微一笑。「不過，我也不會告訴你們組織真正的名字。」說完這句話的篠原老師，跟剛才相比簡直判若兩人。

「頭腦集團是龍王集團為了方便起見而取的名字。是我的話，一定會取個更棒的名字。」創也說。

真是如此嗎？我無法忘記『神祕黨』這個爛名字。

「不過，我想知道的不是組織的名字，而是解除定時炸彈的電線。要切掉哪條電線，才會阻止炸彈爆炸？」

「這個嘛……」篠原老師雙手抱胸沉思，她臉上的表情帶著邪惡。

我看了一下校舍的時鐘。下午三點五十五分。快沒時間了！

「我不想聽能力比我低下的人說的話。」篠原老師笑說。「你們的智力和體力都比我好的話就好囉！」

這麼說來，是不肯告訴我們了？

這時，校舍來了一組黑西裝集團。這些人是龍王集團的防爆小組。

全部有六人，髮型、體格、年齡各有不同。有戴著太陽眼鏡的，也有留鬍子的人。

但是，唯一的共同點是——大家都穿著黑色西裝。

卓也也都穿著黑西裝，難道說……黑西裝是龍王集團的制服？

「創也少爺，解除炸彈的電線？」其中一個人問創也。

創也一邊回答，眼神卻沒有離開過篠原老師。「還沒問出來。卓也呢？」

「在屋頂上待機，他說創也少爺一定會問出正確解答。」

創也緊閉雙唇，然後拿出手機。「卓也，趕快逃！頭腦集團雖然在我眼前，但她不告訴我。」

創也吼叫著，可是得到的回答卻是……

「還有三分鐘。」卓也非常冷靜的聲音傳來，即使在即將爆炸的炸彈邊，也毫不畏懼。
我正想抓住篠原老師，卻突然停止動作。剛才撂倒黑猩猩的篠原老師，我不是她的對手。
「很聰明嘛！識時務者為俊傑。」篠原老師眨眨眼說。
此時，有顆足球滾到我腳邊，那是足球社舉辦活動用的。
我撿起足球。
篠原老師笑了起來。「現在的國中生比我想像得還幼稚。你打算像柯南一樣，用足球砸我嗎？」
可惡！
我踢起足球，但球不是往篠原老師的方向，而是朝天空飛。
「哇！嚇我一跳！球飛上屋頂了！」手機傳來卓也的聲音。
「你還是叫屋頂上的人快逃比較好，我要走了。」篠原老師轉身背對我們。
創也打算撲上去，但被我阻止了。
「幹嘛阻止我？」創也試圖掙脫。
「冷靜一點，這場遊戲我們贏了。」
嗯，創也的語氣相當適合現在的狀況。
創也一臉不可思議。
篠原老師也察覺有些不對勁，轉身面對我們。

我比著手槍的姿勢對準篠原老師。「It's a showtime！」

下個瞬間——

足球從樓梯口以驚人的速度飛出。

「耶？」球從意想不到的方向飛來，篠原老師閃躲不及。球直接打中篠原老師的臉，老師的身體則順勢飛了出去。

我和創也將倒地的篠原老師制伏了。

下午三點五十九分。還有時間！

「我們贏了，快告訴我們解除的電線。」創也說。

「真糟糕，沒想到你們還設下陷阱……」

篠原老師的話聽來不怎麼懊惱。

沒有特別設陷阱，只不過玩玩3D保齡球而已。

篠原老師嘆了一口氣，告訴我們答案。「切掉群青色那條電線就對了。」

創也立刻對著手機大叫：「群青色！卓也，切掉群青色那條！」

數秒後，電話那頭傳來卓也的聲音。「群青色是什麼顏色？」

這是最後一句話。

時間是下午四點整。

「卓也！」創也大叫，同時……

咻！蹦蹦蹦！

屋頂上傳來驚人的爆炸聲，緊接著是各種式樣的煙火……

「耶……」

我們呆呆地望著屋頂上的煙火。

「哇！煙火耶！」

「好漂亮喔！」

「校慶用煙火做結尾，好華麗喔！」

不知何時，從體育館出來的群眾們，看著屋頂上的煙火發出一聲聲讚嘆。

我和創也癱坐在地。

「……創也，」我對旁邊的創也說：「龍王集團的炸彈專家有說過，這是顆罕見的炸彈，對吧？」

「的確罕見，因為它根本不是炸彈，而是煙火。而且還是白天也看得清楚的特製煙火。」

龍王集團的防爆小組也不知不覺地消失了。

我抓起創也胸前的衣服。「你們為什麼要雇用那種不可靠的專家？」

「不是我請來的！雇用他的是龍王集團！」創也回嘴。

真是夠了……

回過神來我才發現篠原老師也不見蹤影，結果還是讓頭腦集團溜了。

卓也從屋頂上下來。「白天的煙火一樣很美。」

卓也的臉上到處是煤炭的痕跡。

「早點逃走的話，臉上也不會髒成那樣。」創也遞手帕給卓也。

「我相信創也少爺一定會問出正確解答。」卓也諷刺地說。

「我真的有問出來，是群青色的電線。」

「在相似度極高的藍色電線中，如果有人能正確分辨出群青色的話，拜託你介紹給我認識。」

兩個人之間，有股不尋常的氣氛。

「不過，大家都平安無事就好！」我拚命地緩和現場氣氛。

神宮寺一行人也趕過來。

「好漂亮的煙火。」神宮寺一行人看起來很開心。（對喔！栗井榮太也喜歡煙火。）

「就像在慶祝我們的勝利一樣。」茱莉葉雙手環抱胸前。

「等一下！問出解除炸彈電線的人，是我們。這場遊戲的勝利者，是我們。」創也拍著我的肩膀。

沒錯！（正確地說，是因為我的３Ｄ保齡球才獲勝。）

「說那什麼話！一開始不就決定好『先找到黑猩猩的一方獲勝』！」茱莉葉反駁。

「以黑猩猩這種小角色來決定勝負，太好笑了吧？直接承認是我們破解魔王關，你們也能保全栗井榮太的名譽。」創也不服輸地說。

當茱莉葉和創也正要展開激烈地唇槍舌戰時，神宮寺站在他們兩人之中。「今天我們雙方打成平手，好嗎？」

神宮寺朝創也伸出右手。創也回握。

勝負結束，雙方互相握手。嗯，感覺還不賴。

可是創也……

「進球數是我們比較多。」

……這傢伙真多嘴。

「這麼說來，支持者的噓聲確實是你們比較多！光是刮黑板的聲音！」茱莉葉立即回嘴。

聽到茱莉葉的話，柳川臉色又開始難看起來，八成是想起那不快的聲音。

「不過，你們真是麻煩的對手。」麗亞邊咬昆布糖邊說，語氣聽來還頗愉快的。

「為了要讓幕後的藏鏡人『作戰屋』現身，引發如此大的騷動，我看事情沒那麼容易收尾。」

我不太想問問題，但我還是舉起手問：「『作戰屋』是什麼？」

「就你們說的頭腦集團啊！因為他們販售各式各樣的作戰計畫，才叫作戰屋。」麗亞斜著頭微微一笑。

我又再次問了一個我不想問的問題。「是誰命名的？」

「我啊！很棒的名字吧！」麗亞有些害羞地說。

我報以曖昧的微笑。（一旦得罪麗亞，後果恐怕……）

「的確是很棒的名字。」創也打從心裡讚美。他的品味也是夠可怕的。

「好！下一個真人版冒險遊戲決定了。」神宮寺突然拍了一下手。

「問出『作戰屋』真正的名字，你覺得如何？」

「好極了！」創也笑著回答。

不好！我和卓也努力想說服創也，不管是「作戰屋」或「頭腦集團」，危險組織的事實，並不會改變。

可是……

「再見！」

神宮寺一行人走了。目送他們離開的創也，顯得相當滿足。（至於我和卓也是什麼表情，我想不用寫大家都知道吧？）

啊啊，這就是我的日常生活……

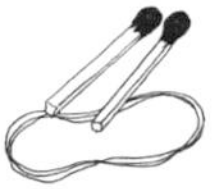

ENDING：
任務結束……
才怪

放棄是愚者的結論！所以，我並沒有放棄。

放棄什麼？大家該不會忘記了吧？本故事就是以跟崛越約會做開頭。至於謎樣組織的真名？隨便啦！

我要完成Ｓ計畫！我要振作起來，重新擬定作戰計畫。

既然知道約崛越看電影有困難，就該想想別的方法。

約她去美術館或水族館，如何？

……不行！藝術跟我是絕緣。而且，崛越如果開心的話那就算了，但她好像也不太在行……

（我想起之前她看到美術教室裡掛的畢卡索畫，她說：「幹嘛掛小學生的畫？」）

水族館是不錯啦，但是情侶不會一起去本區的水族館。為什麼？因為有傳言說「一起去的情侶，絕對會分手」。第一次約會，不用特地去那裡也可以。

關於這個傳言，我曾經跟創也提過。

「這個傳言是有根據的。」

「為什麼？」我問。

「因為那個水族館都是使用水銀燈。」創也一臉不耐地答，之後就不說一句話。

沒辦法，我只好繼續問：「為什麼使用水銀燈，情侶會分手？」

創也兩手一攤。

不用說我也知道，他的意思是：「這種事你也不懂？稍微用點大腦。」

「在水銀燈下，人的氣色會變得很難看。好不容易出來約會，對方竟然臉色難看，『和我在一起不開心嗎？』『今天你是勉強跟我出來的嗎？』等等，各種想法都會出籠，這就是情侶無法長久的原因。」

原來如此，說得相當有道理。

我拿出筆記本寫下：不行去有水銀燈的地方。

美術館和水族館都不行，我實在想不出更好的地方。

想來想去我還是認為，對於第一次約會的我而言，看電影倒是不錯的方法。

首先，不用煩惱沒有話題。真的沒有話說時，就把剛才看的電影拿來討論，而且大約兩個小時，我什麼都不用做，她就會在我身邊。

啊，太可惜……

「你還沒想到除了去電影院之外的約會行程嗎？」

被創也一問，我搖搖頭。

我正想請創也給我些建議時，他卻沉默。

「創也的救難船不出動嗎？」

「我有點事非好好思考不可，救難船停止運行。」

「非好好思考不可的事？什麼事啊？」

「真人版角色扮演遊戲不是決定好了嗎？而且有關頭腦集團的事情，我也想弄清楚。」說完，

創也轉身面對電腦，不知道在查什麼。

完全沉浸在自己世界裡的創也，你跟他說什麼也沒用。這時候，我只能靠自己。

日子就在我有我的、創也有創也的心事中，一天天過下去。（也是有人建議我，與其空想不如實際行動……）

總之，「S計畫」尚未結束，還有創也的角色扮演遊戲，還有「頭腦集團」的真實身分……

但是繼續說下去，我的精神和肉體將呈現無比的疲倦。這次精神上的疲勞可真累人。

所以，稍微休息一下也不算罪過吧？

紅茶時間——我將兩人份的水量裝進水壺裡。

資料要不要保存？ ↓YES　NO

資料保存完畢

參考文獻：《「KIMURA式」聲音的製作法》．木村哲人（筑摩書房）。

後記

大家好，我是勇嶺薰。

讓各位久等了！為各位送上《都市冒險王3》。

這次的後記有件非常重要的事情要報告，那就是……

本書的原稿，勇嶺薰在截稿兩週前即交稿！

每一次寫後記時，勇嶺薰總是會寫「很抱歉延遲交稿」等等，這次終於不再拖稿了！如此一來就不會有遺憾。（我並沒有要隱退的意思……）

今後我會努力嚴守截稿期限……即使寫出來，也沒有編輯會相信我吧……嗚嗚……

這次的一個主題是「何時任務才會結束？」。跟女生約會，一起度過快樂的時光，這對男生而言，是一項非要達成的任務。

本故事中，內人為了達成這項任務，也下了不少苦心。請各位替內人祝福，希望他有任務達成的一天。（話說回來，男人還真命苦。）

本文裡寫到許多的約會技巧，若各位讀者要如法炮製，但萬一不順利的話，我可不負責喔！

不知不覺，都市冒險王一系列越寫越長。內人有作者意想不到的行為，創也也開始說起作者意料之外的事情……於是故事越寫越長。

這次也刪掉了學校的七怪談，及卓也在公共澡堂搏鬥的部分，但刪掉的部分，會有機會讓各位看到。

再來是致感謝詞——

總是給我中肯建議的店長——中村巧先生（熱血的書店老闆），這次還教我有關防盜系統的知識。假如店長的書店有人侵入的痕跡，並且放一張「怪盜皇后」的卡片，那個犯人搞不好會是我。

西炯子老師，感謝你每次都為我的書畫上很棒的插圖。這次我趕在截稿日前交稿，下次遇見時可別忘了讚美我喔！

講談社的小松先生、水町先生、阿部經理，這次過長的原稿給你們帶來困擾，真是抱歉。下次，我一定會遵守交稿時間。（請相信我！）

還有我的老婆、琢人、彩人，下個再下個稿子結束後，我就有空，到時候我們要一起玩。

時間過得飛快，轉眼過了十五年……一九九〇年四月十六日（順帶一提，那天剛好是我第二十六個生日）出道以來，已經過了十五個春天。因為有大家的支持，我才能寫到現在，我打從心裡感謝各位，今後也請大家多多照顧。

繼栗井榮太之後，出現了謎樣的組織——「頭腦集團」，故事的發展究竟會如何呢？身為作者，我只祈禱卓也的再就職能順利成功。

請各位繼續期待內人與創也新的冒險。

祝大家身體健康。

Good Night And Have a Nice Dream.

洋房變成鬼屋？美少女變成妖精？
不！這絕對是一場噩夢……

爲了實現「創作眞人版RPG遊戲」的美夢，
創也不但積極地籌措遊戲資金，
更史無前例地接下了崛越導播的錄影邀請，
前往鬧鬼傳聞不斷的洋房裡，
協助拍攝新外景節目——「鬼屋探險」！
而身爲創也「麻吉」的我，有可能置身事外嗎？
答案當然是：不·可·能！
據說，那幢洋房曾受過邪惡的詛咒，
屋裡還不時有「妖精美少女」出沒！
爲了一探究竟，我忍住想落荒而逃的心情，
乖乖隨創也潛入鬼影幢幢的洋房中！
不過像是被耍了一樣，我期待的「妖精美少女」不但沒現形，
卻另有一群舉止詭異的黑衣人，
從暗處偷偷向我們撲襲而來……

【2009年5月出版】

勇嶺薰◎著 西炯子◎圖

都市冒險王 4

激鬪！頭腦集團

搞什麼鬼啊？！
隨便寄來一封信，
就要叫我忘了以前發生的所有事情！……

終於畢業了！等新學期開始，我就要成爲高中生了。
咲良也是，她考上了第一志願，今天就要搬來東京了。
嘻嘻嘻，哈哈哈……
想像中的一切都很美好，可是實際情況卻正好相反。
才剛放假沒多久，我就接到那個沒良心女人的來信，
信上竟然寫著她要『忘記過去』——
當然，她的『過去』也包括我！這簡直是青天霹靂！
先不講那兩次被她強吻的事，我們經歷了這麼多風波，
好不容易能在一起了，結果咲良卻要**甩了我**！我實在很不甘心！
雖然她不要我去車站接她，可是我想見她，即使一眼也好。
我躲在柱子後，偷偷摸摸地，覺得自己籠罩在一片黑暗中……

窩囊廢
戀愛危機
ウラナリと春休みのしっぽ

國家圖書館出版品預行編目資料

都市冒險王/勇嶺薰著;西炯子圖;李慧珍譯. -- 初版. -- 臺北市：皇冠, 2008.08 冊；公分. --
(皇冠叢書;第3760種 YA！；003)
譯自：都会のトム&ソーヤ①
ISBN 978-957-33-2441-6 (第1冊；平裝)
ISBN 978-957-33-2450-8 (第2冊；平裝)
ISBN 978-957-33-2509-3 (第3冊；平裝)

861.57　　97011743

皇冠叢書第3827種
YA！015

都市冒險王③
——強襲！炸彈怪客

都会のトム&ソーヤ ③

作　　者—勇嶺薰
插　　畫—西炯子
譯　　者—李慧珍
發 行 人—平雲
出版發行—皇冠文化出版有限公司
台北市敦化北路120巷50號
電話◎02-27168888
郵撥帳號◎15261516號
皇冠出版社(香港)有限公司
香港灣仔駱克道93-107號利臨大廈1樓
電話◎2529-1778　傳真◎2527-0904
出版統籌—盧春旭
責任編輯—張懿祥
版權負責—莊靜君
外文編輯—蔡君平
美術設計—李家宜
行銷企劃—李育慧
印　　務—林佳燕
校　　對—劉素芬・邱薇靜・張懿祥
著作完成日期—2005年
初版一刷日期—2009年2月

法律顧問—王惠光律師

讀者服務傳真專線◎02-27150507
電腦編號◎515015
ISBN◎978-957-33-2509-3
Printed in Taiwan
本書特價◎新台幣199元/港幣67元